妙と狐狸妖怪

あやかし捕物帖2

奈良谷 隆

時代小説

二見時代小説文庫

JN154189

目次

妙《たえ》と狐狸《こり》妖怪——あやかし捕物帖2

序　心中の生き残り

（とうとう、やっちまった。どうしよう……）

伊助《いすけ》は、目の前の骸《むくろ》を見て途方に暮れた。

死んでいるのはお嬢様の加代《かよ》、殺したのは紛れもない自分だ。

加代の白い首筋には、くっきりと伊助の指の痕が残っている。

ここは伊助が奉公している相模屋《さがみや》の裏手にある先代の隠居所、普段は誰も使っていない一軒家で、常に伊助と加代は人目を忍び、ここで逢い引きしていたのだ。

伊助は十年前、下総《しもうさ》の貧農から江戸に出て、神田《かんだ》で小間物屋をしている大店《おおだな》の相模屋に奉公した。

元々伊助は、手習いでも読み書き算盤《そろばん》は得意だったので十年間懸命に働き、二十歳になった今は番頭として主人の藤兵衛《とうべえ》からも重用《ちょうよう》されている。

そして誰もが伊助は、一人娘、加代の婿になると思っていた。

二歳下の加代も伊助を慕い、藤兵衛も息子のように扱ってくれた。

すでに加代の母親は亡く、すっかり古株になった伊助は家族同様だったのである。

相模屋が扱うのは人気の役者絵や紅白粉《べにおしろい》、櫛《くし》や縮緬巾着《ちりめんきんちゃく》など、女客相手の小間物が主だった。看板娘の加代も器量よしで、毎日多くの娘たちが店に押し寄せて繁盛していた。

ところが四十になる藤兵衛が急に病に伏し、行く末を悲観したか、突然取引のある薬種《やくしゅ》問屋の次男坊、松吉《まつきち》を加代の婿にすると言いはじめたのである。やはり内々の伊助より、大店の後ろ盾に安心したかったのだろう。

藤兵衛の言葉は遺言に近く、絶対のものだった。

加代は嘆き、伊助もこの隠居所で情交を重ねながら、もう余命いくばくもない藤兵衛は翻心《ほんしん》しないだろうと諦めるしかなかった。

そこで、二人で心中しようという話になったのである。

さんざん肌を重ね、もう思い残すことはないし、来世で誰憚《はばか》ることなく一緒になろうと話し合い、今宵夜更けに二人で隠居所に来たのだ。

ところが急に、藤兵衛ではなく加代が翻心してしまったのである。

「あたしやっぱり、おとっつあんを見送ることなく、先に逝くわけにいかないわ」

「お、お嬢様……」

「伊助、堪忍《かんにん》。あたしは松吉さんを迎えるわ。そうしたらおとっつあんも元気になるかも知れないし、お前にも今まで通り、店で働いてもらうので」

「だって、一緒に死のうと、あんなに約束したじゃないですか……」

「それは嘘じゃないわ。でも今は違うの。だから伊助、分かって」

加代が涙ぐんで懇願《こんがん》する。

「そんな、今さら……、私の決心を何だと……」

伊助は言葉を途切らせ、いきなり加代の首に手をかけていた。

「い、伊助……！」

加代が驚きに目を剝《む》いたが、伊助はそのまま押し倒し、全体重を掛けてグイグイと白く細い首を締め付けていった。すっかり馴染んだ加代の甘い体臭と吐息の匂いが、切れぎれに伊助の鼻腔《びこう》を刺激してくる。

「く……！」

もう加代は言葉も出せずに呻《うめ》き、懸命に伊助の手の甲に爪を立てていたが、やがてその力も抜けていった。

気がつくと、加代はグッタリと身を投げ出して事切れていた。

伊助は呆然《ぼうぜん》と見下ろし、滝のように流れる汗を手の甲で拭うと、加代の爪痕がピリリと沁みた。

（これが、死か……）

伊助はその場にへたり込んで思った。

それは、今まで思っていたように美しいものではなかった。可憐《かれん》な加代は白目を剝いて舌を出し、鼻と口から泡を吹いて醜い形相となり、大小の失禁した匂いが鼻腔を不快に刺激してきた。

本来なら、用意した匕首《あいくち》で加代の喉をひと思いに突き、すぐ自分も自害しようと思っていたのだ。

伊助は懐中《かいちゅう》から匕首を出した。

だが、どうにも加代の醜い死に顔に鞘《さや》を払う勇気が出ず、すっかり死ぬ気が失せてしまっていた。何度となく口吸いをし、愛撫した加代の肌に、もう二度と触れる気がしなくなっていたのだ。

夢見ていた美しい死の幻が消え失せ、あまりに過酷で重苦しい現実が伊助の全身にのしかかってきたのである。

（ど、どうしよう……）

逃げるにしても、一体どこへ。

今さら兄夫婦や子供たちで手狭になった下総の家へ帰っても仕方がないし、そこにはすぐにも役人の手が回ってくることだろう。

伊助がガックリと項垂《うなだ》れていると、不意に声が掛かった。

「助けてあげようか」

ハッと伊助が振り返ると、そこには振袖を着た女が立っていた。

見ると、女は狐《きつね》の面《めん》を被っていたのである……。

第一章　野ざらしの美女たち

一

「お妙《たえ》、河原にオロクが転がっている。すぐ行くぞ」

妙が朝一番に番屋へ出向くと、すでに来ていた真之助《しんのすけ》が言い、煙管《きせる》の火種を火鉢に落として立ち上がった。

オロクとは死体のことで、南無阿弥陀仏の六文字を指す。

「殺しでしょうか」

「まだ分からん」

真之助は答え、莨入《たばこ》れを懐中にしまいながら妙と一緒に番屋を出ると、足早に河原へと向かった。

神田の外れで飯屋を営むたつやの一人娘、妙は十手《じって》を預かっている十八歳の娘岡っ引きである。

同心の麻生《あそう》真之助は三十歳の独身で、幼い頃から知っている妙を妹のように思い、何かと頼りにしていたのだ。

何しろ妙の父親の辰吉《たつきち》も、真之助の下で十手持ちをしていたのである。

その辰吉はすっかり足腰を弱めたので、妻の圭《けい》と飯屋に専念し、今は妙が十手持ちのあとを継いでいた。

関ヶ原《せきがはら》から二百年、寛政《かんせい》十二年（一八〇〇）、神無月《かんなづき》の半ば。江戸の町は平穏だったが、久々の仕事になるかも知れない。

土手を駆け下りて河原へ行くと、川面《かわも》を渡る風が肌を刺すように冷たい。

すでに野次馬たちが群がっていたが、妙と真之助はそれを掻き分けて進むと、岡っ引きたちがしゃがみ込んで筵《むしろ》の下を覗き込んでいた。

近づくと、一糸まとわぬ姿で骸を晒《さら》しているのは、どうやら若い娘のようだ。

顔も身体も、あちこち烏《からす》や犬に食い荒らされた痕がある。

しかし顔は苦悶《くもん》に歪《ゆが》んでいるが、元は美形ではなかったかと思われた。

「むげえな……」

真之助が言うと、骸を取り囲んでいた岡っ引きたちが立ち上がって一礼し、二人に場所を空けた。

しかし、一人の男だけは屈《かが》み込んだまま、つぶさに骸を検分しているではないか。

「百《もも》さん……」

「おぬしが、どうしてここに……」

妙と真之助は、驚いて同時に声を掛けた。

すると総髪に着流しの若い男が顔を上げた。妙が密かに思いを寄せる、百瀬小太郎《ももせこたろう》である。

「やあ、お役目ご苦労様です。奉行所から学問所に報《しら》せがあり、医術に心得のある者を検分に寄越すようにとのことで、私が」

「ああ、確かに与力の内藤《ないとう》様からそうした達しがあったが、そうか、おぬしが来たのか……」

小太郎が言うと、真之助も頷いて答え、妙は胸を弾ませた。小太郎は貧乏長屋住まいの風来坊だったが、半年前から昌平坂《しょうへいざか》の学問所に出入りするようになり、今はそれなりに頭角《とうかく》を現しているようである。

そして小太郎には、妙しか知らない秘密があった。

なんと、小太郎は人とあやかしの間に生まれ、人ならぬ力を秘めている――というのである。

半年ばかり前に、江戸を震撼《しんかん》させた鬼騒動では、妙と小太郎たちが力を合わせて解決し、その折に妙も鬼の気を吸収し、やはり人以上の絶大な力を宿すようになってしまった。

細かな事情を知らぬまでも、真之助はそうした神秘の力を持った妙を頼りにしていたのである。

この骸は、早朝、仕事に出向く職人が見つけて番屋に報せたらしい。

「鳥や獣による噛み傷は、全て死んだあとに付けられたものです。首に指の痕があるので、絞められて死んだのでしょう。恐らく、殺されたのは昨夜半ほどではないかと思われます」

小太郎が言う。

「左様か。他には……？」

「櫛も着物も持ち物も、身元が知れるような物は一切無く、年は十八、九だけど、生《き》娘《むすめ》ではないようです」

「なに……」

そんなことも分かるのか、お前は女を知っているのか、と真之助は二十歳を少し出たばかりに思える小太郎を睨んだ。

「あと、爪に血が付いています。絞められたとき相手の手を振り払おうと引っ掻いたものでしょう。手に傷のある者が下手人《げしゅにん》と思います」

「なるほど。分かった。とにかく番屋へ運ぼう。行方知れずの届け出が来ているかも知れん」

真之助が言うと、岡っ引きたちが戸板を持って来て骸を乗せ、やがて運び去ると真之助も一緒に行った。

「学問所では医術も？」

妙は、残った小太郎に訊いた。

小太郎は学問所で若侍たちに講義をし、自分も勉強をし、合間には神田明神《みようじん》で軽業《かるわざ》の見世物をしている妹分の三人娘の面倒を見ている。

「ええ、どんな学問も全て面白い。学問所には、本屋に売っていない資料が山ほどあって飽きないです」

小太郎が妙の顔を見つめながら、無残な骸を見たあととは思えない爽《さわ》やかな笑顔で答えた。

小太郎は遠江《とおとうみ》の山中で、あやかし族の若様として生まれ育ち、江戸へ出てきてからまだ半年余りである。

「お妙、何してる。行くぞ！」

土手の上から真之助が声を掛けた。

妙のことを妹のように思ってはいても、やはり兄貴分としては親しげに近づく男が気になるのだろう。

呼ばれて妙が土手を上ると小太郎も一緒に来たが、妙とは別れて昌平坂の方へと戻っていった。

「全く、得体の知れぬ奴だな。悪人でないのは分かっているが」

真之助が言い、妙は苦笑して答えず、一緒に番屋へと向かった。

やがて番屋に着いたが、娘が行方知れずになっているというような届け出は一つもなかった。

「生娘ではないにしても鳥や獣に食われていない部分の肌は荒れていないし、どう見ても夜鷹《よたか》などではない、ごく普通の町娘と思うが、このまま無縁仏とは気の毒だな」

真之助が煙管を出して莨を詰め、火鉢の火で一服《いっぷく》しながら言った。

「聞き込みに出てきますね」

妙は、下っ引きが淹れてくれた茶を飲み干すと、立ち上がって言った。

目当ては、まだ行方知れずの届け出を出していない店か家と、それとなく手に爪の傷痕のある者を探すことだ。

妙が番屋を出て神田界隈《かいわい》を歩いていると、

「お妙姐《ねえ》さん、お見回りご苦労様」

あちこちの店先から声が掛かった。

父の辰吉から譲られた十手は、捕り物のとき以外は人から見られないよう懐中に入れているのだが、すでに妙は娘岡っ引きとして名高い。何しろ相撲取りのように大柄な破落戸《ごろつき》の町奴《まちやつこ》を、苦もなく投げつけたことがあり、見た人が噂を広めてしまったのだ。

妙は昼近くまで町々を歩いてみたが、どこも平穏そうで、娘がいなくなり途方に暮れている様子の家など見当たらなかった。

やがて妙は、神田明神に入り、境内の奥に進んだ。

そこは、曲独楽《きよくごま》や居合抜き、手妻《てづま》など多くの見世物で賑わっていた。

そして妙は小太郎の姿を見かけた。もう学問所は引けたらしく、境内で三人娘の軽業を手伝っていた。

二十歳ばかりで可憐な顔立ちの三人娘は、刺し子の稽古着に野袴姿で、手裏剣《しゅりけん》を投げ、木の幹を蹴って宙で一回転して降り立ち、見事な軽業で見物人からやんやの喝采《かっさい》を浴びている。小太郎は投げ銭を拾って集めていた。

「お妙さん」

三人娘の一人が妙に気づくと、笑顔で声を掛けてきた。どうやら見世物も休憩に入ったようだ。

見物人も去っていったので、妙は昼餉《ひるげ》に誘われ、小太郎や三人娘と一緒に境内にある蕎麦屋の縁台に並んで座った。

小太郎が五人分の代金を払ってくれ、間もなく蕎麦が運ばれてくる。学問所からの月並銭《つきなみせん》は僅《わず》かだろうが、何しろ見世物の実入りもあり、最近は妙より豊かになっているようだ。

「ご馳走になります」

妙は言って蕎麦をたぐり、皆も食べはじめた。

三人娘も実は小太郎の妹分のあやかしで、それぞれ紅猿《べにざる》、明烏《あけがらす》、伏乃《ふせの》という名で、申《さる》、酉《とり》、戌《いぬ》の化身《けしん》である。つまり小太郎が桃太郎《ももたろう》で、三人は猿、鳥、犬の習性を持っているのだ。

半年余り前の鬼退治が済めば、みな遠江に帰るはずだったようだが、何しろ学問好きの小太郎が江戸に残ったので、三人娘も仕方なく小太郎に従っているうちに、徐々に江戸の暮らしが気に入ってきたようだ。

「あれから何か分かりましたか？」

小太郎が蕎麦を食べ終えて言う。今朝の骸のことだろう。

もちろん妙も、昼餉の最中にそんな話が出ても一向に動じることはない。

「いいえ、行方知れずの届け出は何もありませんでした。手に傷のある者も見当たらないし、人に訊くわけにいきません」

「確かに、そんな傷の人を探していると知れたら、下手人は姿をくらますか、さらに別の傷を付けて誤魔化すかも知れない」

「ええ」

「では伏乃をつけましょうか」

小太郎が言うと、伏乃が汁を飲み干して嬉しげに顔を向けた。

「実は、役人たちが来る前に、骸に残った匂いを伏乃に嗅がせておいたのです」

「そ、それは助かります」

「いや、私も学問所から遣わされたので、捕り物に力を貸します」

「有難うございます。頼もしいです」

妙が顔を輝かせて小太郎に言うと、

「骸には、本人以外の匂いもあったし、爪の血の匂いも覚えましたので」

伏乃も可憐な笑みを浮かべて言った。

半年余り前の鬼退治で、伏乃は犠牲になってしまったので、ここにいるのは国許から来た二代目である。

やがて蕎麦を食べ終えて茶を飲むと、妙は伏乃を促して席を立った。

「では、お借りしますね」

妙は辞儀をして言い、伏乃と共に境内を出た。

午後の見世物は、伏乃抜きになるだろうが、紅猿も明烏も人を超えた技で客を飽きさせるようなことはないだろう。

妙は、伏乃の人並み外れた嗅覚《きゆうかく》を頼りに、神田の町中へと戻っていったのだった。

二

（いったい、どうなっているんだ……）

伊助は、大福帳を前にしているものの、どうにも戸惑いばかりで気が乗らず、嘆息《たんそく》してばかりいた。

確かに、昨夜は加代を絞め殺したはずで、手の甲にも加代の引っ掻き傷が残っているというのに、今朝は加代がごく普通に生きていたのである。

狐面の女がいきなり現れ、助けてあげようかと言うので伊助は加代の骸をそのままに隠居所を出て、母屋の自室に戻って寝たのだ。

加代を殺した衝撃で眠れないかと思っていたが、間もなくぐっすりと寝込んでしまった。

そしていつものように起きると、加代が普段通りにいたではないか。

そして昨夜まで病で息も絶え絶えだった藤兵衛も起き出し、やつれた様子もなく太った腹を揺すって奉公人たちを采配《さいはい》していたのである。

町の噂では、河原に裸の女の骸があったようで、首を絞めた痕があり、岡っ引きたちが界隈の聞き込みに回っているというではないか。

(では、その骸が加代であり、いま加代のふりをしているのは、あの狐面の女が化《ば》けているのではないだろうか……)

伊助は、膏薬《こうやく》を貼った両手の甲を撫でながら思った。

確かに、加代の顔形はそのままだが、やや目が吊り上がり、おっとりしていたのが勝ち気になったように、てきぱきと女中たちに用を言いつけている。

相模屋は、主の藤兵衛と娘の加代だけが家族で、あとは番頭の伊助をはじめ、住み込みの手代《てだい》や丁稚《でっち》、女中たちの大所帯である。蔵もある大店で、取引のある役者絵を扱っている版元や職人などの出入りも多い。

しかし、いかにそっくりに化けても、実の娘が入れ替わっていたら、父親の藤兵衛には分かるのではないだろうか。

（いや、あるいは旦那様も……）

伊助は思った。

枕の上がらなかった藤兵衛が急に起き出したのは、それもまた別の誰かが化けているのではないか。

そんな折、外を読売が通りながら怒鳴った。

「土左衛門《どざえもん》が上がったぞお……、今朝の女と同じ河原だ！」

伊助は立ち上がり、

「ちょっと版元に行ってくる」

同い年の手代である佐吉《さきち》に言いつけ、伊助は下駄を突っかけて相模屋を出た。

足早に、役者絵の版元を通り過ぎると、伊助は真っ直ぐに河原へと下りていった。

すでに岡っ引きたちが集まり、同心らしき姿も見えた。

伊助は懐手《ふところで》で弥蔵《やぞう》を組み、手の膏薬を隠した。今日は曇って風が冷たいので不自然ではないだろう。

野次馬の間から骸を覗き込むと、やはり一糸まとわぬ姿で四十年配の男である。腹は出ているが、それは長く水に浸っていたせいかも知れない。しかし水に膨れた顔はやつれ気味で、確かに昨日までの藤兵衛ではないかと思った。

（やはり、加代お嬢様も旦那様も、別の何かと入れ替わり……？）

伊助は思い、もっとよく見ようとしたが、

「ああ、見世物じゃないぞ。心当たりのある者の他は去れ！」

同心が怒鳴り、野次馬たちが立ち去ってゆく。その間に伊助が顔を覗き込むと、骸の耳が見えた。

日頃から藤兵衛が自慢していた福耳である。

だが、いかに確信を持っても、現に相模屋には藤兵衛がいるのだから、役人に言っても埒《らち》は明かないだろう。

まして、何か狐狸妖怪《こりようかい》の類いが化けているのではなどと言ったら、手の甲の傷もあり、伊助はしょっ引かれてしまうかも知れない。

別の岡っ引きたちも土手から下りてきたので、伊助は引き上げ時だと思った。

両手を弥蔵に組んだまま土手を駆け上がると、ちょうど伊助も見知っている娘岡っ引きの妙と、刺し子の稽古着姿の娘が下りてきてすれ違った。

「あ、ちょっと、そこの人」

刺し子の娘が伊助に声を掛けてきた。

「済みません、使いの途中で急ぎます」

伊助は答え、急いで土手を上り、そのまま足早に相模屋へと戻っていった。

「伊助、どこへ行っていたの！」

加代が目を吊り上げて言う。

「も、申し訳ありません。版元に行ってましたが、まだ役者絵の新しいのは出来ていないようで……」

「そう、これから松吉さんが来るから客間を掃除して！」

「は、はい……」

伊助が頭を下げて答えると、加代は奥へ引っ込んでしまった。

ふと店の中を見ると、見慣れぬ置物が並んでいる。

見れば、高さ五寸ばかり（約十五センチ）の狸の焼き物ではないか。

丸く愛くるしい顔で股間に大きなふぐりが下がり、腹の出っ張りは藤兵衛そっくりだ。

「ああ、これか、伊助。知り合いの焼き物師が届けてくれたんだ」

伊助に気づいた藤兵衛が上機嫌で言った。

「娘相手の物ばかりでなく、こういうのも仕入れることにした。狸は、他を抜くと言って商売繁盛に繋がるからな」

「左様ですか。売れるとようございます。それより、これから松吉さんがいらっしゃるようで」

「ああ、お前にも済まなく思っているよ。だが、お加代とは、正式な約束ではなかったのだろう？　これからも目をかけるから堪忍しておくれ」

藤兵衛が言う。

たとえ替え玉にしろ、そうした事情まで細かによく知っているようだが、いつになく藤兵衛は優しい。

伊助は辞儀をして奥へ行き、客間の片付けをはじめたのだった。

そして加代に言われ、急いで茶菓子を買いに出た。加代とも、昨夜のことを話したいと思ったのだが、全く取り付く島がない。
菓子屋まで往復する間、伊助は物陰から妙と伏乃がこちらの様子を窺っていること
には気づかなかった。
店へ戻って女中たちと茶菓子の仕度をしていると、松吉は薬種問屋の親を伴って訪
ねて来た。
客間へ招くと、もう伊助の役目も終わりなので、帳場へ戻ろうとした。
すると、松吉がジロリと伊助の方を一瞥《いちべつ》した。
こいつが加代の初物《はつもの》を奪ったのかと、そんな眼差しである。まあ女中たちにも、伊
助が入り婿になるのではないかという噂があったので、松吉がそれを耳にしても不思
議ではない。
もちろん家同士のことなので、松吉も余計なことは口にしなかった。
それにしても、目の吊り上がった美男子である。伊助は悔しいが、美形の加代と松
吉は似合いだと思ってしまった。
やがて客が帰り、店を閉めて夕餉も済んだ頃、伊助は唯一気の許せる女中頭《がしら》の光《みつ》に
相談してみることにした。
光は伊助より三つ上で、実に見目麗《みめうるわ》しいのに奉公一筋で、自ら行かず後家《ごけ》と称して

働いている。

どうも素振りでは、伊助に気があるようだと思ったときもあったのだが、何しろ伊助は加代との仲に夢中だった。

それでも光は、伊助より前から奉公しているので、店の中のことは誰よりよく知っているのだ。

伊助は、そっと光の部屋を訪ねた。

「あら珍しい、番頭さん、何か」

伊助が部屋を覗き込むと、寝巻姿になった光が無表情に答えた。

「お、お光さんに相談が……」

「何でしょう。余所《よそ》からの入り婿が決まったので残念ね。あたしで良ければいつでも一緒になるわ」

「い、いや、そういうことじゃなく、旦那様とお嬢様は、どうも何者かと入れ替わっている気がするんだけど、何か気づきませんか」

伊助は思いきって訊いてみたが、どうもいつもの光ではない違和感があった。

「そんなはずないでしょう。何者って何なの。疲れたので寝るわ」

光はにべもなく答え、ピシャリと襖を閉めてしまった。

（ま、まさか、お光さんまで……）

伊助は青ざめ、仕方なく自分の部屋に戻って横になったのだった。

加代を殺したことは、夢なのだろうか。いや、そう思った方が良いのだろうか。

気になることは山ほどあるのだが、それでも一日の疲れで、あっという間に伊助は深い睡りに落ちてしまった。

そして翌朝、伊助はいつものように藤兵衛と加代、光たちと顔を合わせたが、間もなく、また河原で女の骸が見つかったと読売が言って回っていたのだった。

三

「これは、間違いなく殺しだな」

河原で、真之助が骸を覗き込んで妙に言った。

目の前には、全裸の女が仰向けになって死んでいる。

もちろん今朝も、奉行所から言われた小太郎が学問所から骸を検分に来ていて、顔を上げた。

「歳の頃は二十二、三ぐらい。乱れた髪は島田《しまだ》だし、お歯黒《はぐろ》を塗っていないので新造《しんぞう》ではなく独り身、手が荒れているので働き者、どこかの店の女中というところでしょうか」

小太郎が言うと真之助は、よく見てやがる、といった顔をした。

「首に指の痕はありませんね」

「ええ、絞めた痕は見当たらないが、これも獣の嚙み傷が多い。何か恐ろしい目に遭って心の臓が止まり、あとから食い荒らされたのではないかと」

妙の言に、小太郎が骸から立ち上がって答えた。

「とにかく、首を絞められた娘と昨日の土左衛門、そしてこの骸と、全て同じ下手人の仕業だろう」

真之助が言う。

同じ下手人による殺しと決めつけたのは、三人とも一糸まとわぬ姿だからだ。

土左衛門は溺死だろうが、流されるうちに着物が脱げたにしても、どこにも着物や下帯《したおび》などは流れ着いていない。

全て裸に引ん剝いて骸を河原へ運んだか、あるいはこの場で裸にして殺《あや》め、着物を持ち去ったということに違いない。

やがて女の骸が戸板に乗せられて運ばれ、小太郎と別れた妙も真之助と共に番屋へと戻った。

奥には、娘と男の骸も転がされているが、冬とはいえ、そう長く置いておくわけにいかないので、今日明日にも荼毘《だび》に伏さねばならないだろう。

「まだ何も、行方知れずの届け出はないのか。骸が三体あるというのに、この界隈で誰も心当たりがないものか……」

真之助が座り込み、火鉢の火で煙管の莨に火を点《つ》けながら言った。

妙は墨を磨り、紙にサラサラと顔を描きはじめた。そう、妙は似顔も得意なのである。

「何を描いてる」

真之助が紫煙《しえん》をくゆらせながら、妙の手元を見て言った。

「ええ、三人の仏の、歪んでいない普段の顔はどんなかなと。あくまで私の想うままなので、確かなものではないのですが」

「おお、そんなことまで出来るのか、大したものだ」

真之助が感心して言い、妙は克明に記憶されている三人の苦悶の顔に修正を加えながら描ききった。

出来上がった絵を妙が眺めていると、真之助も覗き込んだ。

「うん、どこにでもいそうな顔だな。娘は美形で、土左衛門は大店の主人風、年増《としま》はいかにも働き者そうな顔をしている。少々癪《しやく》に障《さわ》るが、全てあいつの言った通りかも知れん」

真之助は、少々悔しげに言った。

しかし妙も、三人の仏の生前に会っているわけでないため、描くのも平凡な顔立ちに再現するのが限界であった。この人相書きでは、聞き込みには使えそうにないかも知れない。

それでも妙は三枚の絵を折りたたんで懐中に入れると、

「じゃ、聞き込みに行ってきますね」

真之助に言い、番屋を出た。

すると途中で、伏乃と行き合ったのだ。

どうやら伏乃も妙に会いに来たようである。

「あ、伏乃ちゃん、今日は百さんは？」

「間もなく学問所から戻ります。見世物は昼過ぎからなので、どうか長屋へ」

伏乃が言い、妙も一緒に裏長屋へと足を運ぶことにした。

「あの、相模屋の番頭、二十歳になる伊助という名でした。確かに、両手の甲に膏薬が貼られています」

　歩きながら伏乃が言う。

　河原で一人目の娘の骸に染み付いた体臭や血の匂いから、不審に思って伊助に声を掛け、以後伏乃は単独で相模屋を見張っていたのだ。

「そして相模屋には、人に交じって獣の匂いが感じられました」

　伏乃が言い、妙は懐中の人相書きを見せてみた。

「ああ、確かに相模屋の主人、藤兵衛じゃないかと思います。これは娘のお加代、そして女中頭のお光ではないかと」

　伏乃が言い、妙も相模屋に何かがあるのだろうと見当を付けた。

「この三人が殺され、狐狸妖怪が三人に化けて店を牛耳《ぎゆうじ》っている？　だから行方知れずの届けも出ないと」

「ええ、私も獣の化身ですが、昔から狐狸は人を騙《だま》すと言われてます。相模屋では狸の置物も売られはじめました。それに今は神無月の末、出雲《いずも》から神様たちが戻ってくる前に、狐狸妖怪が江戸を乗っ取ろうとしているんじゃないかと」

　伏乃が言い、妙は鬼と狐狸とどっちが厄介だろうかと想った。

「お昼を買っていきましょう」

妙は言い、先日蕎麦を奢ってもらったので、今日は自分が払うことにした。飯屋をしている実家や、真之助からの小遣いは少ないが、滅多に遣うことがないので五人分ぐらい大丈夫である。

しかし妙の好きな稲荷寿司《いなりずし》がなぜか全て売り切れだったので、巻き寿司や握り飯などを適当に見繕って抱えた。

やがて妙と伏乃は、小太郎の住む裏長屋に着いた。

もう取り壊し寸前の貧乏長屋で、住んでいるのは小太郎だけである。

中に入ると、相変わらず寝床の他は本の山だ。

実入りも良いので、そろそろ小太郎は別の長屋に引っ越そうとはしているようだが膨大な本の移動が面倒なのだろう。

中には小太郎と、紅猿と明烏も来ていた。三人娘は、神田明神に近い場所に塒《ねぐら》があるようだ。

「おお、お妙さんか、そこらに座って下さい」

小太郎が言い、妙は上がり框《かまち》の本をどけて腰を下ろし、買ってきた包みを開いた。

「わあ、美味しそう」

紅猿と明烏が言い、皆で取り分けて食べはじめた。

「稲荷寿司がないのは、狐女たちが買い占めたのでしょうか」

「ええ、女たちは狐で、藤兵衛は見た通り狸親父ですね」

妙が言うと、伏乃が巻き寿司を頬張って答えた。

もっとも三人娘も皆、鳥や獣の化身だが、やはり人を誑《たぶら》かす狐狸とは一線を画しているのだろう。

「昔から、女はよく獣に例えられます」

小太郎も、握り飯を食べながら言った。

どうやら、いつもの得意な蘊蓄《うんちく》がはじまったようだ。

「犬女は忠実で、猫女は我が儘で、男の好みはどちらかに分かれると言われます。まあ狸顔と狐顔でも同じことですが、このような都々逸《どどいつ》があります。女将は狸で芸者は小猫、通うお客は馬と鹿」

小太郎が言うと三人娘が笑った。

「ははあ、百さんは料亭で芸者遊びなんかしたことないでしょうに」

妙は巻き寿司を飲み込み、どうでもよい知識ばかり溜め込んでいる小太郎を呆《あき》れたように見て言った。

「それで、百さんは何女が好きなのですか？」

「私は、牛女が好きだな」

「牛、ですか？」

「ああ、どんな我が儘を言っても、モウといって聞いてくれる人です」

小太郎の言葉に、三人娘がキャッキャッと声を上げて笑い転げた。

「それは正《まさ》に、若の母上じゃないですか」

紅猿が言うと、他の二人も頷いた。

「本当に、若は甘やかされて育ったから」

明烏が言う。三人とも、三つ子のように同じ顔つきをして、長く遠江の山奥で共に暮らしてきたのだろう。

小太郎の母親は人で、父親は仏像の化身と言われている。

前に、鬼の力は消え失せるのかと妙は小太郎に訊いたことがある。

だが鬼の寿命に比べれば人の一生などあっという間で、五年や十年で消え去るものではないらしい。

ここのところ平穏だったから、妙も鬼の力を使わずに済み、それで薄れたような気になっていたのだろう。

やがて昼餉を済ませると、伏乃が水を出してくれた。

「相模屋で売られはじめた狸の置物を見たけど、どうしてあんなにふぐりが大きいのかしら」

伏乃が無邪気に訊くと、小太郎が答えた。

「別に狸のふぐりが他の獣より大きいわけではない。ただ、鞴《ふいご》に狸の皮を使うので、よく伸びるため、面白おかしく八畳敷きなどと言われたのだろう」

小太郎は言い、紙にサラサラと字を書いた。

妙が覗き込むと、それには『金烏玉兎』と書かれていた。

「きんうぎょくと？」

「ああ、金は太陽、太陽には三本足の烏が住んでいると言われる。玉は月、月には兎がいる。つまり日月を表す四文字です。ちなみに武道で眉間《みけん》の急所のことを烏兎《うと》という。それは両の目玉を日月に例えたからです」

「ははあ……」

妙は要領を得ぬまま答えた。

「両目にある二つの目玉のように、男の股間にも二つの玉がある。それで金烏玉兎を略して金玉《きんぎょく》という。男の二つの睾丸《こうがん》も、日月を表している。別に金色というわけではないのです」

そう言われても、生娘の妙は何と答えてよいか分からずモジモジするだけだった。

それより、そんな話を平気でする小太郎に、

（もう……）

と妙は、牛女になったように心の中で嘆息した。

やがて水を飲むと、一同は立ち上がって長屋を出た。

そして小太郎と三人娘は見世物の仕事のため神田明神へ、妙は別れて、それとなく相模屋の方へと行ったのだった。

四

（どうしたものか。そのうち私まで殺されて、化け物に入れ替わるのか……）

伊助は、暗澹《あんたん》たる思いで町を歩いた。使いに出されたものの、用を済ませてもすぐ店へ戻る気にならないのである。

番頭の仕事は、光が代わりにすることになってしまった。藤兵衛も加代も、それを当然のこととしているようだから、どんどん自分の仕事が減らされていくようで、用無しになったら殺されるのだろうか。

すでに伊助の心に、加代への未練はない。あくまで自分の手で殺めたのが加代であり、いま店にいる加代は別物なのだ。

だから、その加代が松吉を婿として迎え入れようと、全く気にならなかった。

結局、他に行くところとてなく、伊助はとぼとぼと相模屋へ向かっていった。

すると、そこで妙に行き合ったのである。

「あ、相模屋の番頭で、伊助さんですね？」

妙の方から、言って駆け寄ってきた。

伊助は一瞬、逃げようかと迷ったが、生きた加代が店にいるのだし、相模屋の者と知られているからには、もう逃げようはないと諦めた。

「ええ、確か、お妙さん」

伊助は諦めて答えた。

十手は懐中に隠されているのだろうが、妙が岡っ引きということは界隈では名高く、伊助も知っている。

「はい、少しお話を伺いたいのですけれど」

妙は一緒に相模屋の方へ歩きながら言い、伊助は膏薬の貼られた両手を隠すように懐手をして頷いた。

しかし妙は、伊助の手の方には全く目を向けなかった。

「旦那様とお嬢様、そして女中の一人におかしな素振りはないでしょうか」

「な、なぜそれを……！」

いきなり言われ、伊助は目を丸くして絶句した。

「やはり、思い当たることがあるのですね。お話し下さい」

妙は伊助の目を見て言い、そこにあった水茶屋の縁台に誘った。

伊助も、自分一人で思い悩んでいたので、ようやく打ち明ける相手が現れたことに安堵し、藁《わら》にも縋《すが》る思いで横に座った。

そして伊助は、やはり十手持ちというのはすごいもので、この妙は評判通りの凄腕《すごうで》なのだなと思った。

「確かに、河原に捨てられていた三人の骸は、お嬢様と旦那様、女中頭のお光さんに間違いないと思います……」

伊助が俯《うつむ》いて言うと、妙は頼んだ茶が運ばれてきたのを受け取って尋ねた。

「どうしてそう思われたのです？」

伊助も、役人の片棒を担ぐ岡っ引きとなれば、居丈高《いたけだか》に詰問《きつもん》してくると思っていたが、妙は実に優しく慈愛に溢れているように見えるので、何もかも話してしまう気になった。

お縄になっても、化け物に殺されるよりはマシと思ったのである。

「三人の骸が見つかると、順々に店にいる三人の人相が変わってきたのです。特に旦那様は、枕も上がらぬ病の床だったのに、いきなり元気になるし……」

「それから？」

「実は、お嬢様の首を絞めて殺めたのは、この私なのです……」

伊助は手を出し、膏薬を撫でながら言った。

しかし、妙は驚いた様子もなかった。あるいは、最初から見当をつけていたのかも知れない。

「私は、お嬢様と恋仲でした。一緒になろうと約束し、誰もがそうなると思っていたのに、旦那様に薬種問屋から入り婿を決めたと言われ、それで二人で死のうと……」

伊助は、言葉を途切らせ、いかに話せば自分の罪が軽くなるか言葉に迷ったが、何もかも見透かしているような妙に嘘は言えなかった。

「それで、一緒に死ぬつもりがお嬢様の気が変わり、入り婿を迎えるというので気が動転し、夢中で首を絞めていました」

「そう。それで？」

妙は茶をすすり、完全に聞き役になっていた。

「無残な死に顔に、あとを追う気持ちが失せてしまい、途方に暮れていたら狐面の女が現れ、助けてあげると言われて……」

伊助は知っていることを全て話し、項垂れるよりも、むしろすっきりした気持ちになってきた。

「そう。そうして朝になったら、お加代さんがちゃんと生きていたのですね？」

「はい」

「続いて、藤兵衛さんとお光さんも」

「ええ、でも、その二人を殺めたのは私じゃありません！」

伊助は勢い込んで言ったが、周囲に人はなく聞いているのは妙だけだった。

「分かってます。伊助さんが殺めたのは、最初のお加代さんだけですね？」

「そうです……」

もちろん人一人殺めたのだから、このままで済むはずもないと伊助は思った。

「土左衛門を見に行きましたが、確かにあれは旦那様でした。お光さんの骸は見ていないけれど、恐らく」

伊助が言うと、妙は懐中から三枚の人相書きを出して見せた。

「ああ、三人に間違いないようです。そして店では三人とも人が変わり……」

「どのように変わりましたか」

「病み上がりのはずの旦那様は、元のように采配をしているし、お嬢様は気が強くなったようで、お光さんは冷たくなったと思います」

「そう。分かりました」

妙は茶を飲み干して答えると、伊助も思い出したように冷めた茶を一息に飲んだ。

そして妙が支払いを済ませて立ち上がると、伊助も立った。

「今まで通りに相模屋で暮らして、たまに私と会って下さい。また変わったことがあったら教えて欲しいのです」

「お、お縄には……」

伊助は、妙の言葉に拍子抜けし、また座り込みそうになってしまった。

「仏の身元が分からないのだからお縄にはしません。それより、人ならぬものが関わっているので、普通の捕り物ではなくなるでしょう」

「しかし、私は確かにお嬢様を殺めたのです」

「それは、全てが解決してから罪を償う、ということで。伊助さんには、まだ相模屋にいてもらわないと困ります」

妙が笑みを含んで言うと、伊助は抜けかけた腰を立て直し、一緒に相模屋の方へと歩きはじめた。

「あるいは、私も殺されて身代わりが店に来るかも……」

伊助は不安を口にした。

「それは、しばらくないと思います。連中がその気なら、とうにそうなっているはずです。やはり店のことをよく知っている人が一人は必要だろうし、それにお嬢様を殺した伊助さんが、おいそれとお上《かみ》に訴え出ようとはしないと踏んでいるのでしょう。だから今まで通りに」

妙は言い、伊助は少し安心した。

三人もの化け物が棲んでいる店で寝起きするのは恐いが、頻繁《ひんぱん》に妙が会ってくれるなら心強い。

「では、私はここで」

妙は伊助から、入り婿の薬種問屋の名を聞くと、そう言って別れていった。

伊助も辞儀をして相模屋へと戻り、ぎこちなく藤兵衛や加代に挨拶をして上がり、帳場で大福帳を前にしている光に声を掛けた。

「大変でしょう。変わりましょうか」

「大丈夫、話しかけないで」

声を掛けたが光は目も上げずに答え、器用に算盤を弾いていた。

どうやら店のことは、藤兵衛と加代、光の三人で切り盛りし、次第に伊助の居場所がなくなっていくような気がした。

今日も店は、娘たちの客で賑わっている。

他の奉公人や女中たちは、三人の人柄が変わったことなど気づいてもおらぬ様子で、いつものように働いていた。

伊助と同い年の手代、佐吉は以前からぼうっとして昼行灯《ひるあんどん》のように頼りない感じなので、あるいは乗っ取りを画策する狐狸妖怪たちからは、取るに足らぬ者と見なされているのかも知れない。伊助も佐吉に対し、よく何年も手代が務まっているものだと思っていた。

やがて日が傾くと店仕舞いをし、順々に湯屋へ行ってから夕餉を終えると、伊助は自分の部屋へと戻った。

寝巻に着替え、布団に横になって目を閉じる。

何やら、以前の加代との逢瀬《おうせ》が次第に夢の彼方《かなた》のように遠のき、最初から自分は加代とは何の関係もなく、伊助は平凡な奉公人として、単に外から入り婿を迎えるのが当たり前のことのように思えてきたのだった。

いや、そう思うことが連中の思う壺で、このまま伊助はずっと飼い殺しにされるのかも知れない。

それでも、妙と知り合ったことは実に頼もしく思え、たとえ狐狸妖怪が相手だろうとも、妙は敢然《かんぜん》と立ち向かってくれそうな気がしたのだった。

五

「その後どうだ。まだ三人の仏の身元は割れねえのかい？」

翌日、干物と漬け物の朝餉を囲みながら辰吉が妙に言った。横では妙の母、圭が浅蜊《あさり》の味噌汁を注いでいる。

飯屋を営むたつやでの、いつもの親子三人の朝餉であった。

本当なら、妙の兄の竜太《りゅうた》もいるはずなのだが、それはすでに亡い。

二十歳だった竜太も辰吉を手伝い、真之助の元で捕り物に加わっていたが、気ばかり逸《はや》って盗賊集団の屯《たむろ》する荒れ寺へと飛び込み、食い詰め浪人たちの凶刃を受けたのだった。

浪人の盗賊集団は悉《ことごと》く捕らえられ、鈴ケ森《すずがもり》に晒されたが竜太は帰らず、それを切っ掛けに妙も十手持ちになる決意を固めたのである。それは今から一年余り前のことであった。

「ええ、まだ皆目《かいもく》……」

妙は食事しながら答えた。

もちろん心配している二親《ふたおや》に、細かなことまで話すつもりはない。まして今回は、狐狸妖怪が関わっていそうなのである。

「そうかい、ここのところ平穏だったから安心していたんだがな」

辰吉が言う。

そう。辰吉も圭も、やはり竜太のことがあったから、妙の女だてらの捕り物を心配しているのである。

平穏が続けば、大人しく嫁に行くなり婿を取るなり、良い男でも出てくれれば有難いのだが、妙は一向にそんな気はないようだった。

それに妙は今や、真之助が舌を巻くほど手練《てだ》れの十手持ちとして町で名高くなっており、妙自身、悪人退治に夢中なのである。

「じゃ、行ってきますね」

やがて朝餉を終えると妙は二親に言って立ち上がり、辰吉から譲られた十手を帯に差した。

今日も男衆髷に裾を端折《はしよ》り、動きやすい青い股引姿である。

「くれぐれも気をつけるのよ」

圭が言うと、辰吉も頷いて妙を見送った。

二親に手を振ってたつやを出ると、いつものように妙は一番に番屋へと行った。

夜番だった下っ引きが茶を淹れてくれて帰ってゆくと、間もなく入れ替わりに真之助が出向いて来た。

茶をすすって煙管に火を点ける、これも真之助のいつもの朝であった。

「お妙は何かと聞き込みに出ているが、何か分かったのか」

真之助が、紫煙をくゆらせて言う。

「ええ、三人の仏は、小間物を扱う相模屋の旦那と娘と女中頭でした」

妙も、真之助と二人きりなので、つぶさに説明することにした。

前の鬼騒動のときも妙は真之助に打ち明け、真之助は半信半疑ながら、不思議な事件として何とか理解し、以来妙への信頼を強めていったのである。

ただ鬼やあやかしなど人でないものが相手となると、真之助も上へ正直に報告するわけにゆかず、それで皆が納得する話にまとめ上げ、結果、全て真之助と妙の手柄になってしまったのだった。

もちろん小太郎と三人娘の活躍が大きいのだが、小太郎も三人娘も自分たちが表沙汰になることを好まなかったのである。

「なにっ！　だって相模屋は、普通通りに店を開けているじゃないか」

「ええ、あやかしが入れ替わっているんです」

「あやかしだあ……？」

真之助が太い眉を段違いにさせて言った。

「前の、鬼みたいな奴か」

「あんな強い奴じゃないけど、狐狸妖怪が、一匹や二匹じゃなさそうです」

「なんで、そんなことに……」

「百さんや三人娘の話では、神無月のうち、つまり神様たちがいないうちに狐狸が江戸を乗っ取ろうとしているのではと」

「また百さんか……。それにしても、そんな莫迦《ばか》な……」

真之助は煙と共に嘆息し、吸い殻を火鉢に叩き落とした。

やはり真之助も、物知りで神秘の雰囲気のある小太郎をそれなりに認め、暗躍して力を貸してくれる三人娘にも一目置いていた。

もっとも妙は真之助に、小太郎たちをあやかしとは打ち明けておらず、素破《すっぱ》の末裔《まつえい》と説明しているのだった。

「相模屋の番頭、伊助に詳しく聞きました。三人の人柄が急に変わったことや、あたしの人相書きを見て、入れ替わりに間違いないと」

「ふうむ……」

妙が言うと、真之助は煙管に残った煙をフッと吐き出し、莨入れに仕舞いながら唸った。

「確かに、殺された奴が生きているなら、どこからも行方知れずの届け出なんか来ないはずだよな……」

「伊助の婿入りを承知していたようなのに、急に余所から婿を入れるという藤兵衛の翻心も気になるので、今日は相手方の薬種問屋を探ってみます」

「そうか。だが今回も……」

「ええ、他の岡っ引きには話せませんし、上への報告も難儀しそうですね」

妙は言い、茶を飲み干すと立ち上がり、辞儀をして番屋を出たのだった。

真之助も一緒に来たそうだったが、まだ何の嫌疑もないのに同心が出向くわけにもゆかないし、無用に警戒されるだけだろう。

妙は、わざと十手が見えるよう前帯に差し、淡路町《あわじちょう》にある薬種問屋、大店の播磨屋《はりまや》を訪ねた。

「おお、お妙姐さん、ご高名はかねがね」

主の重吉《じゅうきち》が出てきて、笑みで迎えた。藤兵衛のように恰幅《かっぷく》が良く、人の良さそうな顔つきである。

「今日はまた何用で、とにかくお上がり下さいませ」

「いえ、庭に回るので縁側で」

妙は重吉に答え、店先を迂回《うかい》して庭に入った。すぐ重吉も出てきて座り、女中が茶を運んでくる。

良く手入れされた庭の奥に蔵があり、その脇に井戸があるが、筵が掛けられているので空《から》井戸かも知れない。

その筵の上に、音もなく一羽の鳥が降り立って羽を畳んだ。

「ここらに変わりはないか見回っているだけですが、何やら近々お目出度いことがあるようですね」

妙が言うと重吉は相好《そうごう》を崩した。

「左様でございます。虚弱で長く伏せっていた次男の松吉が、見違えるように回復して、相模屋さんの入り婿になることが決まりました。これで私も、安心して長男に家督を譲って隠居しようと思っております」

「そうですか。松吉さんは伏せっていたのですか。今日は、松吉さんは？」

「快癒《かいゆ》のお礼にお詣《まい》りに行っております」

「明神様ですか」

「いえ、お稲荷さんで。同じように、相模屋さんも回復しました。むろんご禁制の薬種など扱っておりませんし、お調べになればお分かりと存じます」

確かに、神田界隈には稲荷社が多い。

「いえ、そんな疑いは持っておりませんが、薬種問屋と小間物屋では全く商いが違うのに、お親しいのですね」

「ええ、藤兵衛さんとは書画会の仲間でした」

重吉が言う。

書画会とは、宴会をしながら即興《そっきょう》で句や歌を詠んだり絵を描くという、富裕な粋《すい》人《じん》の集まりである。

「そうですか。河原に上がった三人の仏、その身元が分からず難儀しております。何かお分かりになりましたら、お報せ下さいませ」

妙は言い、茶を飲み干して腰を上げると、井戸の上にいた烏も飛び立った。

「承知致しました。ご苦労様でございます」

重吉が見送り、妙は播磨屋を出た。

特に、重吉からは何の瘴気《しょうき》も感じられないし、店内も実にごく普通で、怪しいところは何一つ見受けられない。

あとは松吉だけだが、不在ならまた折を見て会うことにしようと妙は思った。

町を歩き出すと、刺し子姿の娘が妙に近づいてきた。

「まあ、やはりさっきのは明烏さん」

妙は気づき、烏の化身である明烏に言った。

「ええ、空井戸の底に骨があります。二十歳ばかりの男でしょう」

明烏が言うと、勝ち気そうな妙の眉がピクリと動いた。

「やはり、松吉が、死ぬか殺されるかして、あやかしが成り代わっているのね」

「ええ、そう思います」

妙が言うと、明烏が答える。

してみると播磨屋では誰一人知らぬ間に、松吉だけがあやかしとして相模屋へ入り婿になろうとしているようだった。

骨というからには、だいぶ前に松吉は死んでから井戸に投げ込まれ、松吉の身代わりが成りすましていたのだろう。

「分かったわ。どうも有難う。じゃ私は今後の手立てを考えるので」

言うと、明烏は姿を消し、妙はいったん番屋へと戻ったのだった。

第二章　華燭は狐の嫁入りに

一

（ああ、物足りぬ。もっと手応えのある男が入門してこぬものか……）

稽古を終えた鈴香《すずか》は、へたり込んでいる若侍たちを見回して思った。

鈴香は、ここ結城《ゆうき》道場の一人娘で二十歳になる。幼い頃から剣術には天賦《てんぷ》の才があり、師範である父、新右衛門《しんえもん》を遙かに超えてしまっていた。

女だてらに二本差し、男装で闊歩《かっぽ》する姿は、娘岡っ引きの妙と並んで、この界隈では名高かった。

半年余り前の鬼騒動では、鈴香も左の乳房を両断されるほどの深手を負ったが、元来が丈夫な上、鈴香も妙のように鬼の気を宿しているので回復は早かった。

胸に斜めの傷痕は残ったが、今ではすっかり動けるようになり、今日も門弟を悉く叩きのめしてしまったのである。

妙と一緒に捕り物をした頃は楽しかった。そして、いま一度、互いに真剣での死闘を味わいたかった。

なのに平穏な日々が続き、新右衛門に言われるまま婿でも取ってしまおうかと思ったこともある。

何しろ新右衛門は半年前に雪《ゆき》という後添えをもらい、今は鬼師範というより好々爺《こうこうや》になりつつある。その、家庭の小さな幸せを、父は鈴香にも味わわせてやりたいのだろう。

同心の麻生真之助が、自分に思いを寄せているような気がしたときもあったが、やはり鈴香は、自分より強い者でなければ婿にする気はない。やがて真之助も諦めたようだった。

鈴香は女でも、心は男のつもりでいる。だから鈴香は、強くて美しい妙にぞっこんなのだが、もちろん妙にその気は全くない。

（うまくゆかぬ……）

鈴香は思い、得物《えもの》を仕舞って今日の稽古は終わりにしようと思った。

だがそのとき、道場の入口から大兵肥満《だいひょうひまん》の男が入って来たのである。

鈴香はピクリと濃い眉を動かし、男の方を見た。

丸顔で髭面、身の丈は六尺（約百八十センチ）近く、目方は二十五貫《かん》（約九十三キロ強）はあろう。

大きな丸い目は愛嬌《あいきょう》があるが、自信に裏付けられた慇懃《いんぎん》無礼《ぶれい》さも窺える。

着流しに半纏《はんてん》で、むろん武士ではなく、町奴か無頼《ぶらい》の徒《と》のようだが、帯に得物はなく丸腰だった。

「何用か！」

「ここは正面からお前のような者が入ってくるところではないぞ」

座り込んでいた若侍たちが、肩を怒らせて口々に言った。

しかし男は、真っ直ぐ鈴香の方を見ている。この中で一番強い者を見極めたのだろう。

「道場破りに来やした、相模の団左《だんざ》と申しやす」

男、団左が言って軽く頭を下げた。

「なにい、道場破りだと。武士でもないくせに！」

門弟たちが言うと、団左は構わず鈴香に目を向けて言った。

「ここは女の師範と聞き、ならば形《なり》や身分に囚われず、腕試しが出来るだろうと踏んで来やした」

団左の言葉に、鈴香は闘志を漲《みなぎ》らせつつも師範席の新右衛門を振り返った。

するといいと新右衛門は、お前の好きなようにしろ、というふうに頷きかけた。

「いいだろう。上がってこい」

「有難《ありがて》え、では」

鈴香が凛《りん》として言うと、団左はもう一度ぺこりと頭を下げ、草履《ぞうり》を脱いで道場に入ってきた。

「剣術を習ったことはあるのか」

「いいえ、相州《そうしゆう》鎌倉《かまくら》で漁《すなど》りをしておりやしたが、棒振りでも相撲でも負けたことがないもんで、江戸へ来たからには一度腕試しをしたくて」

鈴香が訊くと、団左が壁に掛けられた得物を見ながら答える。

「棒振りとは何だ、無礼な！」

また門弟たちが喚《わめ》き出した。

「良い、好きな得物を選べ」

「へえ、ではこれを」

言うと、団左は半纏を脱いで置き、最も長くて頑丈そうな袋竹刀《ふくろしない》を手にした。

袋竹刀は、革や布の袋にササラになった竹が詰め込んであり、防具もないので打たれれば相当に痛い。

「誰か、手合わせしたい者はいるか。どうだ、良い稽古になりそうだぞ」

鈴香が見回して言うと、急に門弟たちは肩をすくめて顔を伏せ、壁際へと後ずさってしまった。

身分を笠《かさ》に着ていたが、戦うとなると巨漢の団左に圧倒されるのだろう。

やはり、ここは自分が出るしかないかと鈴香は苦笑し、汗の染みた鉢巻きを締め直すと、自分の得物を持って中央に出た。

むろん恐ろしさはなく、むしろ型にはまらぬ攻撃と闘ってみたいという好奇心の方が強く湧いてきた。

「どのようにかかってきても良いぞ。では」

礼を交わすと鈴香は言い、得物を青眼に構えて間合いを詰めた。

すると団左は鈴香の威圧にも下がらず、腰を落とすと天秤棒《てんびんぼう》のように得物を肩に担ぎ、斜に身構えてきた。

やはり勢いと遠心力で、力任せに薙《な》ぎ払うようだ。

鈴香が誘うようにドンと床を踏み鳴らすと、

「エヤッ……！」

団左が気合いを発し、勢いよく袈裟《けさ》に打ちかかってきた。

新右衛門も門弟たちも、みな呼吸を忘れたように固唾《かたず》を呑み、女丈夫《じよじようふ》と巨漢の対戦を見つめていた。

団左も必死に顔を引き締め、涼しげな顔つきをしているのは鈴香一人だった。

鈴香は団左の力量を見るため得物を打ち合わせてみたが、さすがに強く弾かれた。

巨軀《きよく》に似合わず動きが速く、また相当の怪力である。

流れに逆らわず鈴香の得物は弧を描き、返す刀でピシリと激しく団左の右籠手《みぎこて》を打っていた。

鮮やかな籠手打ちに門弟たちがほっと一息ついたのも束の間、団左は全く痛みなど感じぬように次の攻撃を仕掛けてきたのだった。

それを避けて鈴香は胴打ち、だが頑丈そうな団左はびくともしない。

真剣なら勝負有りと言って終えるわけにもいかない。

ここは武士の面目もあるし、ますます鈴香の闘志が湧いてくるから、それが分かる新右衛門も止めはしなかった。

やはり完膚《かんぷ》無きまでに、負けを意識させて終えるべきだろう。

鈴香は物打ちをからませて回転させ、一瞬にして団左の得物を宙高く飛ばした。

すると団左は、得物が手を離れた瞬間に組みついてきたのである。

鈴香は団左の腰を抱えて足を払い、一回転させて投げつけた。

床が破れるのではないかという激しい音をさせ、団左は転がったがすぐに起き上がり、また組みついてきたのである。

どうやら、動けなくなるまで続けるつもりらしい。

組みつかれながら鈴香も得物を捨て、身を沈めて団左を肩に担ぎ上げた。

またもや団左は巨体を宙に舞わせ、肩から床に突っ込んでいった。

それでも素速く起き上がったので、もう投げは効かぬとみて当て身を繰り出した。

鈴香がいち早く間合いを詰めると、団左が顔を真っ赤にさせて凄まじい張り手を見舞ってきた。

それを屈《かが》んで避け、鈴香は足を飛ばして金的《きんてき》蹴り。

「ま、参った……！」

団左が言うので、鈴香も爪先が股間に触れる寸前でピタリと止めた。

すると同時に、緊張の糸が切れたように団左が尻餅をついたのだった。

そして団左は膝を折って正座し、深々と頭を下げたのである。

「いやあ、お強い。参りました……」

あらためて言われると、鈴香も礼を返して得物を戻した。

新右衛門も師範席から下りてきて団左に向かい、

「さ、奥で茶なりと」

そう言って先に奥へ入っていった。

鈴香も門弟たちに掃除と戸締まりを言いつけ、団左を促して奥へと行った。

新右衛門に言われた雪が、すぐに茶と菓子を用意してきた。

鈴香も鉢巻きを外し、額の汗を拭いながら熱い茶を一口すすった。新右衛門も雪も同席せず、座敷には団左と鈴香だけだった。

「鈴香先生、あんたは人ではないな……」

団左が愛嬌のある丸い目に戻り、饅頭を一口に頰張ると、茶と共に飲み込んで言った。

「確かに、鬼の気を宿している。団左、お前は何者?」

「古狸」

鈴香が訊くと、団左が正直に答えた。

「ほお、これは奇態。狐狸妖怪がこの江戸に」

「ああ、狸と狐が集まりつつある。俺は藤兵衛の遠縁として相模屋に住む」

鈴香が笑みを含んで訊くと、団左が答えた。

「その数は、いかほど」

「我らは八百八狸《はっぴゃくやたぬき》という。それが八百八町《はっぴゃくやちょう》を乗っ取る」

「狐は」

「よく知らぬ。反目《はんもく》し合っていたが、此度《こたび》のみ手を組むのだ。神無月のうちに江戸を乗っ取ろうと」

「あと半月ほどで霜月だが」

「充分だ」

「なぜ私に打ち明けた」

「あまりに簡単に乗っ取れたら面白うない。では、また会おう」

そう言い、団左は立ち上がって出て行った。

（狸か……。妖怪でなければ惚れたかも知れぬのに……）

鈴香は見送って思い、とにかくあやかしならば、また妙と一緒に戦えるだろう。

妙に会うため、鈴香はいそいそと着替えはじめたのだった。

二

「もし、お役人様……」

　真之助が見回りをしていると、一人の女に声を掛けられた。

　見れば、二十歳を少し出たぐらいの良い女が旅支度で立っていた。

　涼やかな切れ長の目がやや吊り上がり、見目麗しい顔立ちに手甲脚絆《てっこうきゃはん》、笠と杖を持っているが、それほど疲れているようには見えない。

「なんだ」

「小間物の相模屋を探しております。安房《あわ》から出てきて不案内で」

「ああ、こっちだ」

　真之助はぶっきらぼうに言い、先に立って案内してやった。そしてふと、妙が言っていた相模屋の入れ替わりのことを思い出したのだ。

「お前は相模屋の縁の者か？」

「はい。主の藤兵衛様の死んだ新造の縁続きで、紺《こん》と申します」

　その女、紺が答えた。

紺は歩きながら真之助に、下総で旅籠勤めをしていたが火事で焼け出され、それで遠縁を頼って江戸に出てきたというようなことを話した。すでに紺の二親はいないらしい。

「それ、あそこに見える大店が相模屋だ」

辻まで来ると、真之助は彼方に見える相模屋の看板を指して言った。

「有難うございました。あ……」

紺は頭を下げたが、目当ての家が分かってほっとしたのか、急に力が抜けたように真之助にもたれかかってきた。

どうやら、旅の疲れが一気に出てきたのだろう。

「大丈夫か」

真之助は言い、思わず支えてやったが紺から漂う甘ったるい匂いに戸惑った。さらに着物を通して、女の肌の弾力と温もりも艶《なま》めかしく伝わってきた。

「ようよう、明るいうちからお安くねえぞ。八丁堀《はっちょうぼり》！」

そこへ、三人ばかりの体格の良い町奴が通りかかり真之助をからかった。

「お前らこそ、明るいうちからもう酔ってるのか」

真之助が睨んだが、連中は十手持ちの威光などものともせず取り囲んできた。

「介抱なら俺たちに任せな」

三人が真之助の腕から、紺を引き離そうとした。

と、そのときである。

「何をしている！」

凛とした声がして振り返ると、そこに妙と鈴香が立って連中を睨みつけているではないか。

強い女二人の出現に、三人の町奴どころか紺も青ざめて立ち尽くした。

「す、すんません……」

町奴たちは身をすくませて言い、三人でそそくさと逃げだしていったのだ。同心をからかうことはしても、鬼のような妙と鈴香には絶対に敵《かな》わぬことが分かっているのだろう。

三人の後ろ姿を睨んでいた妙が、表情を和《やわ》らげて真之助に向き直った。

「お、お妙は一瞬で鬼のような形相になるな。まるで早変わりする清姫《きよひめ》の文楽《ぶんらく》人形のようだ」

真之助が呆れて言うと、鈴香も頭を下げた。

「麻生様、ご無沙汰しております」

「やあ、お久しぶり。体はすっかり良いようだな。師範も後添えと睦《むつ》まじくやっているか」

「はい、おかげさまで」

二本差しの鈴香が答えると、それまで呆然としていた紺が我に返った。

「あ、有難うございました。では私はこれで……」

紺が真之助に頭を下げて言い、妙と鈴香を恐れるように二人には目も向けず、急ぎ足で相模屋へと向かっていったのだった。

「あれは？」

「ああ、藤兵衛の死んだ女房の遠縁で、お紺と名乗った」

妙に訊かれ、真之助が答えると、その紺は相模屋へと入っていくところだった。

「そう……、その藤兵衛の遠縁の大男も、居候《いそうろう》に入ったようです。団左と名乗り、道場破りに来たのを鈴香さんがやっつけました。そして団左は、自ら狸のあやかしだと言ったようです」

「なに、ではあの相模屋が、狐狸妖怪の住み家になってゆくのか……」

真之助は言いながら、もう一度相模屋を眺めた。

「今のお紺も、狐の仲間かも知れぬな……」

「ええ、いい女で残念でしょうけど」

「何を言う！」

真之助は、妙の軽口に睨んで答えた。

「とにかく、三人の骸は無縁仏として荼毘に伏された。なお岡っ引きたちには、それとなく相模屋を探らせるようにする」

真之助はそう言い、妙と鈴香の二人の前から大股で歩き去って行った。

「お妙、どうする」

真之助の後ろ姿を見送ってから、鈴香が妙に訊いた。

「ええ、まだ相模屋は表立って怪しい素振りはしていないので、あたしは一度、百さんに相談に行ってみます」

「そうか、では私も行こう」

鈴香が答え、二人は一緒に歩き出した。

この刻限では、小太郎は学問所や裏長屋ではなく、三人娘たちと神田明神の境内にいるだろう。

二人は明神様へ行ってお詣りをすると、境内の奥へと入っていった。

三人娘の紅猿、明烏、伏乃は今日も軽業や手裏剣投げで喝采を浴びていた。

小太郎も投げ銭を拾って集めていたが、妙たちに気づくと、すぐこちらへとやってきた。

「何かお話かな。そこで休もう」

小太郎は言い、妙と鈴香を境内にある茶店に誘った。三人娘は、なおも芸を続けて見物人の注目を集めていた。

三人が並んで縁台に座ると茶と団子を頼み、小太郎は妙と鈴香の話を聞いた。

「なるほど、あやかしの狐狸が集まりはじめていますか」

小太郎は茶をすすると、腕組みしていつものように蘊蓄を述べはじめた。

「相模国の鎌倉といえば、狸の和尚がいたという話があります。建長寺《けんちょうじ》という、けんちん汁の発祥となった寺で、年を経た狸が、病弱だった住職に代わって檀家《だんか》回りをしていたが、たいそう犬を怖がり、食い方や風呂の使い方がだらしないと、やがて化けの皮が剝がれたという」

「何やら、住職思いの狸ではないですか」

「ああ、狸文字という、妙な書き付けが残されているようです。また、上州《じょうしゅう》の分福《ぶんぶく》茶釜《ちゃがま》や、木更津《きさらづ》にある證誠寺《しょうじょうじ》の狸囃子《ばやし》など、狸は愛嬌があるため好意的な逸話《いつわ》が多いが、所詮は狐狸というのは人を騙すあやかしでしょう」

「なるほど」

「狐狸に犬を加え、狐狗狸《こっくり》という吉凶《きっきょう》占いもあります」

小太郎は、縁台から芸をしている伏乃を見ながら説明した。

字を並べた紙の上に、三本の棒を組み、上に盆を伏せて置く。そして何人かの人が盆に手を当てると、やがて盆が動きはじめ、字を指して様々な予言をするというものだ。

「三匹とも鼻が利く獣なので、探し物などを訊く分には良いが、人生について訊くと頓珍漢《とんちんかん》な答えが返ってくるので、やらぬ方が良いでしょう」

「ええ、あたしも手習いで、狐狗狸さんはおかしくなるからやらぬようにと先生から言われたことがあります」

妙が答え、鈴香も頷いた。みな一通り、小娘時代はそうしたものに興味があったのだろう。

「それにしても、団左は股間を蹴られそうになって参ったをしましたか」

「ええ、私もつい咄嗟《とっさ》に」

小太郎が言い、鈴香が答えた。

「やはり、狸の弱点はふぐりなのでしょうね」

小太郎が言うと、やがて見世物の芸が一段落したようで、三人娘がこちらへやってきた。

「お妙さん、鈴香様！」

愛くるしい三人が人懐こく言い、空いていた縁台に腰を下ろした。

「ああ、団子でも饅頭でも好きに頼むと良い。少々懐が温かいのだ」

鈴香が言うと、三人娘は歓声を上げたのだった。

三

伊助は、ここ最近の相模屋の変わりように戸惑うばかりだった。

娘客相手の小間物の他に、狸の置物が置かれ、大店の主人たちに売れていた。

狸の置物は、娘たちの小遣いでは買えぬほど高価だが、やはり他を抜くという縁起物として、大店の主人には好評なようだ。

そして団左という、藤兵衛の遠縁という大男が居候として棲みついた。店の手伝いなど、何をするでもなく大酒と大飯ぐらいで、気の良さそうなところはあるが見かけは無頼漢である。

さらに藤兵衛の亡き妻の遠縁という、紺という美女も住むようになったが、これは店や賄《まかな》いの手伝いをしてくれて好感が持てた。

しかし伊助は相模屋に長くいるのに、そうした遠縁がいるという話など一度も聞いたことがない。

それでも加代は、団左おじさま、お紺さん、と、やけに親しげに呼んでいた。

団左も紺も、加代の婚儀を聞いて駆けつけたり、奉公先を失って来たとか言っているようだが、実際のところは何が本当なのか分からない。

帳場の仕事も、今はほとんど光が任されていた。

仕事を取られた伊助は、藤兵衛から土蔵の片付けを命じられた。

裏庭の、例の隠居所の脇にある土蔵に回ると、佐吉も来ていてガラクタを外に運び出していた。

「金目の物の他は全て捨てろと言われてます」

佐吉が言い、伊助も一緒に古簞笥《ふるだんす》や古着などを蔵から出しはじめた。

過去の書き付けなども処分するよう言われ、残るのは千両箱と、高価そうな書画や食器類だけとなっていった。

やがて二人は二階へ上がり、観音開きの窓を開けた。

二階にも、今までの古い大福帳などが棚に積まれて埃《ほこり》を被っていた。

「なあ、旦那様やお嬢様の様子が変だと思わないか？」

伊助は大福帳を棚から下ろし、床に積みながら佐吉に囁きかけてみた。

「さあ……、旦那様は急に元気になって良かったと思ってるけど」

佐吉が、ぼうっとした眼差しで気のない声を出した。

こんな昼行灯に何を言っても無駄か、と伊助が嘆息すると、その佐吉が目を上げてこちらを向いた。

「ただ、あんたが殺したお嬢様が生きているのには驚いたがな」

その目に、いつしか狡猾《こうかつ》そうな光が宿りはじめているではないか。

「なに……」

「ああ、隠居所を覗いていたんだ。あの晩だけじゃなく、あんたがお嬢様と乳繰り合う夜は必ず」

「お、お前……」

伊助は背筋を寒くさせて言い澱《よど》んだ。どうやら佐吉は、伊助と加代の情事を覗くのが趣味だったらしい。そして、伊助が加代を絞殺したところもはっきり見届けていたようだ。

「いずれ、それをネタにあんたを強請《ゆす》って追い出し、番頭の座を狙っていたんだが、まさかお嬢様が生きているとはな。どうしたもんかと様子を見ていたんだ」

佐吉は、人が変わったように冷静な口調で言う。しかし、あやかしが佐吉に化けている様子はなく、元々この男は、そうした狡猾な面を隠して昼行灯を演じていたようだった。

「で、では狐面の女も見たか」

「ああ、見たよ」

「私が隠居所を出てから、狐面の女はお嬢様の骸をどうした」

「そこまでは見ちゃいねえよ。俺だって恐くなって、さっさと部屋へ戻っちまったからな」

「そ、そうか……」

伊助は嘆息した。

「それより、ここ最近、何かと岡っ引きが店の周りをうろついてる。あんたがお嬢様を殺めたことを役人に話せば、今のお嬢様が何者か調べてくれるだろう。そら、今もあの女の十手持ちがいるぜ」

佐吉が、二階の窓から下を見下ろして言う。

「よし、思い切って話してくるか。俺も早くすっきりしてえからな」

そう言い、佐吉が階段を下りようとした。

「ま、待て……！」

「あ……！」

追い組った伊助が佐吉の襟首を摑もうとしたら押してしまい、佐吉は足を踏み外して転げ落ちてしまったではないか。

「さ、佐吉……」

伊助は慌てて階段を下り、床に転がっている佐吉を抱き起こした。

しかし、首が折れたか佐吉はあらぬ方に顔を向け、グッタリして瞬きもしなくなっている。

「おい、しっかりしろ……」

伊助が懸命に揺すったが、どうやら佐吉はなんとも呆気なく事切れているようだ。

と、そこへ何と加代が顔を覗かせたではないか。

「どうしたの。佐吉を殺したのかい」

「お、お嬢様……」

見上げると、加代は驚きもせず平然と佐吉の骸を見下ろしていた。

「これで二人目だね。いよいよお前もおしまいだ」

「い、今のははずみで……」

「ああ、いいよ、こっちで殺す手間が省けたしね。こいつは前から何かと帳場の金をくすねていたんだ」

加代が冷たく言い放ち、伊助は抱き抱えた佐吉を下ろした。

「や、やはりあなたは、お嬢様ではないのですね……」

伊助は座り込んだまま、加代を見上げて言った。

「当たり前だよ。お加代はお前が殺したんだから」

「な、ならばなぜ、私をこのままにしているんですか……」

伊助は気になっていたことを訊いた。

そういえば、この生き返った加代と二人で話すのは初めてのことである。

だがもちろん恋心が甦るはずもなく、瓜二つだが、その顔や身体への欲望は微塵《みじん》も湧いてこなかった。

「お前には加代の霊が憑《つ》いている」

「え……?」

加代の言葉に、伊助は呆然と聞き返した。

「もちろん未練や執着ではない。人を殺し、自分だけおめおめと生きていることへの恨みだよ。その背負った恨みは、いずれ何かの役に立つと思い、お前を飼い殺しにしているのさ」

加代が言ったそのとき、

「どうかしましたか！」

裏路地の垣根越しに、妙が声を掛けてきたのだ。やはり佐吉が窓から妙を見たのは本当だったようだ。

その瞬間、加代はヘナヘナとその場に崩れた。

岡っ引きが来てしまっては、もう佐吉の身代わりを立てるわけにはいかないと諦めたのだろう。

「さ、佐吉が足を踏み外して……」

涙ぐんで言う加代の言葉に、妙が裏庭へ飛び込んできた。そして骸を検分し、

「死んでますね。気の毒に」

妙は言うと、佐吉の瞼を閉じてやった。

「私がいけないんです。下から用を言いつけたら佐吉が急いで階段を下りてきて、そのまま……、ねえ伊助」

加代が言って涙目で伊助の方を見ると、伊助も加代の豹変《ひょうへん》に目を丸くしながら小さく頷いた。

「そう、分かりました。とにかく藤兵衛さんに」

妙が言い、加代は涙を拭いながら立ち上がり、母屋へ駆け込んでいった。

妙は伊助を見て、あとで詳しく、と言うように頷きかけた。

間もなく藤兵衛や光たちが飛び出してきて、佐吉の骸を見下ろした。

「ああ、祝言《しゅうげん》の前に不吉な。だが長くいてくれた手代だ。懇《ねんご》ろに弔《とむら》ってやろう。とにかく部屋へ」

藤兵衛が言い、奉公人たちが佐吉を縁側から家へ運び入れた。

今宵は通夜となり、明朝にも棺桶が届いて寺へ運ばれることだろう。佐吉には身寄りがないと聞いている。

「では、詳しい話を聞きたいのですが」

「お加代は、部屋で伏せってしまいましたので」

「では伊助さんだけ少しお借りしますね」

妙は藤兵衛に断り、伊助は妙に促されて裏木戸から外へ出ると、迂回して表通りに出た。

他の役人のいる番屋ではなく、前と同じ近所の茶店に誘われたので、伊助もほっとした。

「二階から、押した形になってしまいましたが、全くのはずみです」

伊助は正直に言い、佐吉が伊助による加代殺しを覗いて、自分を強請ろうとしていたことも話した。

「そう。わざとでないことは分かりました」

「そしてお嬢様も、本物ではないと自分で言いました」

「いよいよ、何か大がかりなことを起こすのかも知れない……」

妙は重々しく言って運ばれてきた茶をすすり、あとは二、三訊かれただけで伊助は解放された。

伊助が相模屋へ戻ると店は早仕舞いをして、しかも手際よく古道具屋も呼ばれて、土蔵から出した物を運び去っていった。

そして交代で夕餉を済ませると、伊助は部屋に寝かされた佐吉に線香を上げてから自室へと戻った。

寝巻に着替えて横になり、

（お嬢様の霊が憑いている……）

と伊助は、加代に言われたことを鬱々《うつうつ》と思い出しながら目を閉じ、懸命に眠ろうと努めた。

加代の霊が出てくれるものなら、話したいことは山ほどあるのに、その姿が現れることはなかった。

これで二人。わざとではないとはいえ、佐吉に手をかけたのは自分だし、加代の場合は確実に殺めてしまったのだ。

その思いに重くのしかかられながらも、なんとか伊助は眠ったのだった。

四

夜半、妙は呼子《よびこ》の音を聞いて飛び起きた。二親を起こさぬよう手早く寝巻を脱いで着替えたが、

「気をつけてね」

やはり起こしてしまったようで、圭が横になったまま言った。辰吉は大鼾《おおいびき》である。

「はい、行ってきます」

妙は母親に答え、十手を帯に差して階段を下りた。

折しも子の刻（深夜零時頃）、九つの鐘が鳴った。

妙はたつやを飛び出したが、呼子はあちこちから聞こえていた。まさか同時に押し込みでもあったのか、とにかく手近なところへと駆けつけた。

そこは大店の米問屋で、すでに数人の岡っ引きと真之助が来ていた。

「お妙か。土蔵破りだ。一家はふん縛られていた」

ちょうど踏み込もうとしていた真之助が言い、妙も一緒に家に入った。

先に入っていた岡っ引きが、縛られていた家人たちの縄を解いていたが、怪我人はいないようだ。

物々しい騒ぎに見回りが呼子を吹いたらしいが、逃げ去る盗賊たちの姿は見ていないという。

真之助が主人に話を聞くと、黒装束に覆面の者たちが家人を縛り上げながら土蔵の鍵のありかを訊き、帳場の金や手文庫も盗られたという。

室内は荒らされ、土蔵の方も千両箱が悉く盗まれたようだ。

盗賊は十何人か、数えられないほど多くいて、しかもみな小柄で敏捷《びんしよう》だったということだ。

土蔵は下っ引きたちに任せ、妙は荒らされた店内や部屋を見て回った。

米などの商品は手つかずで、金だけを奪ったらしい。

と、妙は土間に割れている物を見つけた。

「これは確か、相模屋で売っている狸の置物……」

妙は思い、やがて外へ出て他の方面へと回ってみた。

大店の並んだ一画で、あちこちの店に役人や岡っ引きが出入りしていた。やはり、あたり一帯、まとめて襲われたらしい。

相模屋も灯りが洩れていたので役人が声を掛けたらしいが、通夜で線香の火を絶やさぬようにしているとのことで、そこは家も土蔵も無事だったようだ。

妙は気になることがあり、押し込みに遭った大店を順々に見て回ったが、幸いなことに縛り付けられただけで、一人の怪我人も出ていなかった。

そして、どの家にも割れた狸の置物があり、盗賊たちは子供のように小柄だということが共通していたのである。

(八百八狸……?)

妙は思った。狸の置物にあやかしが潜《ひそ》み、一斉に抜け出て仲間を手引きしたのではないだろうか。しかも、決して安くはない置物を買ったのは大店ばかりだというではないか。

あやかしならば、人目につかず移動することも出来よう。

一通り回ってみると、襲われた大店は全部で五軒。取られた金は、全て合わせて何千両になるかも知れない。

狐狸ならば大人しく山奥にでもいれば良いものを、やはり神無月で江戸へ出てくると豊かな暮らしが病みつきになり、賑わいが気に入ったようだ。

では、奪った金で高飛びでもするつもりなのだろうか。

いや、相模屋のように人が入れ替わっていれば、あやかしがそのまま商売を続けることも出来るだろう。

八百八狸の他に、狐が加わっているとなると、昔話にあるように木の葉を金に変えることなども出来そうだが、釣り銭にそんな細工をするような小さな実入りで満足するはずがない。

やはり狐狸が力を合わせ、今夜のような大仕事が繰り返されることも充分に予測された。

目的は、大江戸そのものを乗っ取ることなのかも知れない。

とにかく押し込みに遭った大店の人々の無事を確認すると、役人や岡っ引きは、逃げたであろう盗賊たちの探索に回った。

妙は、真之助と合流しようと思ったが、やはり相模屋が気になって行ってみた。

さっきと同じ、相模屋からは細く灯りが洩れ、しめやかに佐吉の通夜が行われている様子である。

と、そこへ、物陰から声が掛かった。

「お妙さん」

見ると、三人娘の一人、紅猿ではないか。昼間のような刺し子の稽古着ではなく、素破か盗賊のような黒装束である。

「若に言われて相模屋を探りました」

「そう、それで」

「だいぶ狐狸が入り込んで、土蔵にも千両箱が積まれてます」

紅猿が言う。どうやら土蔵に忍び込んで調べたらしい。

では、昼間のうちに土蔵の不要物を処分していたから、その空いたところへ盗品を詰め込んだのだろう。

「そう、有難う。でも、何の証しもないのに踏み込むわけにはいかないわ。前から貯め込んだ金と言われればそれまでだし」

妙は答え、腕を組んで嘆息した。

やはりあやかしたちが姿を消し、巧みに金を運び込んだのだろう。

とにかく、今夜のところはもう探索の甲斐はないだろう。

やがて紅猿が引き上げていったので、ようやく妙も真之助を見つけて駆け寄った。

「おう、お妙、何か分かったか」

「ええ、盗んだ金は相模屋の土蔵です」

妙は、周囲に人がいないのを確かめてから真之助に囁いた。

「なに、また素破の娘からの報せか」

真之助も声を潜めて言う。そう、真之助は妙が素破の三人娘を子飼いにしていると思い込んでいるのだ。

「ええ、ただ踏み込むには、まだ何の証しも」

「そうだな、それに本当に盗賊が狐狸妖怪なら、いくら探しても無駄だろう」

真之助も、あやかしの存在を信じきって言った。

もちろん真之助は、他の役人や上役の与力には、正気を疑われるのでそんなことを打ち明けるようなことはしない。

とにかく全てが解決してから、辻褄《つじつま》の合う成り行きをでっち上げて報告するしかないのだ。

「よし、探索に回った者には気の毒だが、我々だけ今宵はこれで引き上げ、あとは明日に備えることにしよう」

「ええ、そうしましょう」

妙が言うと、真之助は頷いて同心長屋へと帰っていった。

妙は帰る前に、もう一度相模屋の周囲を見回ると、裏の方に人影が見えた。

「伊助さん……」

夜目《よめ》の利く妙が駆け寄って囁くと、伊助も裏木戸の脇の垣根越しに顔を出した。

「呼子が聞こえていたので何事かと……」

「そう、五軒の大店が襲われて、どうやら盗んだ物はここの土蔵に入れられたようです」

寝巻姿で震えている伊助に、妙は正直に言った。

「本当ですか。何の物音も聞こえませんでしたが、それで昼間土蔵の片付けを……」

「相手は狐狸ですからね、音など立てないでしょう。家の中の様子は？」

「静まり返ってます。佐吉の部屋だけ行灯が点いてますが、もう線香も消えて、誰も様子を見に来ないようです」

「そう……」

「明後日の吉日に、祝言で播磨屋から松吉が婿入りします」

伊助が言う。

手代の喪も明けないのに婚儀は予定通り行うので、元より奉公人の死など物の数に入れていないのだろう。

「分かりました。ではまた何か分かったらお願い」

妙が言うと、頷いた伊助は忍び足で母屋に戻り、縁側から静かに自室へと入っていった。

それを見届けると、妙も足早にたつやへと戻ったのだった。

五

翌朝、伊助は起きて朝餉を済ませた。多少、油揚げが多くなっているが、それほど献立は以前と変わってはいない。

そして伊助は、藤兵衛から裏の隠居所の掃除を命じられた。

どうやら、何度となく伊助が加代と密会した隠居所が、身代わりの加代と婿の松吉の新居となるらしい。

今日は朝早くから棺桶屋が来て佐吉の骸が運び出され、藤兵衛が坊主に金を払って無縁仏の葬儀を頼むと、あとは何事もなかったかのように、いつも通り相模屋は店を開けた。

昨日は佐吉のことがあったので店を早仕舞いしたし、明日は婚儀で休業するので、今日ぐらいは開けて少しでも稼ぎたいのだろう。

とにかく伊助は箒《ほうき》と雑巾を持って、因縁深い隠居所へと入った。

ここで加代の首を絞めて殺めたのが、昨日のことのようでもあるし、遠い彼方の夢のようにも思えた。

それでも、この部屋で何度となく加代と情交した様子は思い浮かばず、すでに淫気《いんき》が湧いてくるようなこともなかった。

二人で何度も忍んで部屋を使ったが、隅の方には埃が溜まっている。

縁側を開けて箒を使い、埃を掃き出し、手桶に井戸水を汲んで床や畳を隅々まで拭き清めた。もちろん厠《かわや》も丁寧に掃除し、先代が残して置いてある書画骨董などは空の押し入れに仕舞った。

思い出深い部屋ではあるが、もう何の感興《かんきょう》もなく、ただ伊助は心を空っぽにし、飼い殺しの毎日を過ごすばかりだった。

この先どうなるのか、いったい自分がどんな結末を迎える運命なのか、もう何も考えられなくなってしまっていた。

ただ、人ならぬ者たちが恐ろしいだけである。

と、そこへ紺がやってきた。

「伊助さん、手伝って下さいな」

言われて玄関に出ると、紺は新品の夜具を抱えていた。

伊助が受け取ると、ほのかに紺の甘ったるい匂いが感じられたが、すでに伊助には欲情するような心の余裕はなかった。

それに気立ての良い紺も、恐らくあやかしの仲間に違いない。

伊助は豪華な布団を、押し入れの上段に入れた。

ここは寝るだけに使い、加代も松吉も一日の大半は母屋や店で過ごすことになるのだろう。

いったん母屋に戻った紺は、続いて二人分の寝巻や肌着の替え、手拭いなどを運んできた。それらを受け取った伊助が良い場所に置いていくと、また戻った紺が行灯を運び込んできた。

「ああ、終わりましたね」

「ええ、これで若夫婦も明日から暮らせるでしょう」

紺が言い、伊助も答えながら自分の手拭いで汗を拭った。

「羨ましいわ。好いた人と暮らせるなんて」

紺が、瀟洒《しょうしゃ》な室内を見回して言う。

「お紺さんは、安房の国で嫁入りの話とかなかったのですか?」

見た目は見目麗しく働き者の年増だから、つい伊助は普通の人を相手にするように紺に言ってしまった。

するど、こちらを見た紺の目が吊り上がっている。

「そんな、作り話はどうでもいいでしょう」

「え……?」

「あたしは、お加代やお光や松吉と同じ、狐族ですからね」

「うわ……」

平然と言う紺の口が一瞬耳まで裂けたように見えたので、思わず伊助は声を震わせて身をすくめた。

「あはははは、伊助、お前をどうするかは、松吉が婿入りしてからゆっくり皆で話し合うよ。その前に、あの娘の岡っ引きと女武芸者だけは片付けないと」

紺は言うなり踵《きびす》を返し、さっさと隠居所を出て行ってしまった。

伊助は呆然と見送り、揺らいだ空気を嗅ぐと紺の甘い残り香に、ほんのり獣の匂いが混じっているように感じられた。

やはり、伊助に行くところなどないと承知しているのだろう。

仮に姿をくらましたにしても、連中は伊助を、加代と佐吉殺しの下手人としてお上に訴え出るに違いない。

すでに骸は荼毘に伏されていても、仏が出たという記録は番屋に残っているし、今の加代が実は双子とか何とか、様々な理由は付けられるだろう。まして、あやかしたちは、どんな術で人を誑かすか分かったものではない。

そして紺が平然と自分の正体を告げた以上、いよいよ伊助の命運も尽きかけているということなのだろう。

だが連中は、界隈で名の高い妙と鈴香だけは、只者ではなく自分たちの邪魔をすると睨んでいるようだった。

やがて伊助は呼吸を整え、隠居所の戸締まりをして母屋に戻った。

店に出ると、またいつの間にか狸の置物が補充されている。

他の奉公人や女中たちも、いつの間にか人が入れ替わったようだ。

骸は上がっていないが、順々にあやかしと入れ替わっているのだろう。

もう真っ当な人は、伊助と来客ぐらいのものではないだろうか。

それでも何事もなく交代で昼餉となり、伊助は風呂掃除を命じられ、やがて日が傾くと店仕舞いとなった。

夕餉を済ませると日が落ち、伊助は自分の部屋に戻って横になった。

不安は数多くあるが、とにかく明日の婚儀が無事に終わるまでは、何事もないだろう。

あれこれ思いながらも、結局一日の疲れで、伊助はあっという間に深い睡りに落ちていったのだった……。

——翌朝、相模屋の全員が早起きをし、手早く朝餉を済ませて着替えた。

襖を外して座敷をぶち抜き、滞りなく婚儀と宴会の準備が整っていく。

さすがに無頼の団左も、藤兵衛から借りた紋付き袴を巨体に着け、宴までは酒を控えて神妙にしていた。

間もなく、仕出し屋や酒屋から続々と届け物があり、気の早い来客たちもぞろぞろ来はじめた。

もちろん藤兵衛の書画会の仲間や商店主など、ごく普通の人たちが集まってくると伊助もほっとした。

加代は湯殿で身を清めてから奥の部屋で光に手伝われ、化粧して綿帽子をかぶり、花嫁衣装に着替えを済ませた。

そして加代が藤兵衛に挨拶したようだが、別に他へ嫁ぐわけでもないのであっさり終えたようだ。そもそも人ではなく、あやかしなのだから全ては人のふりをしているだけである。

昼近くになり、

「播磨屋さんがお越しです」

外に出ていた小僧が告げに来ると、一同も出迎えることにした。

伊助も、今は雑用係だが一応は番頭として列に加わらなくてはならない。

やがて正装した播磨屋の一行がぞろぞろと姿を見せた。

松吉の親兄弟たちは歩きで、松吉のみ駕籠に乗って近づいて来る。どうやら一家はみな普通の人であり、あやかしは松吉一人のようだ。

もっとも両家の関係が深まれば、いずれ播磨屋もあやかしの巣となっていくのかも知れない。

と、空は晴れているのに小雨が落ちてきたではないか。

「正《まさ》に、狐の嫁入りだ。まあ今日は婿入りだがな」

伊助の隣に立っていた団左が苦笑して言う。

駕籠が停まると松吉が降り立ち、深々と藤兵衛に頭を下げた。

細面《ほそおもて》の、実に良い男である。

やがて駕籠が帰っていくと、播磨屋の面々も中に入っていった。

残った伊助が見回すと、物陰から妙が、さらに二本差しの鈴香もこちらの様子を窺っていた。

そう、伊助にはこの二人だけが頼りなのである。たとえお縄になろうとも、人として扱ってくれれば良いのだった。

座敷に入ると、すでに宴席には折敷《おしき》が並べられ、伊助も席に着いた。

もちろん上座に近い方は来賓で、番頭とはいえ奉公人に過ぎない伊助は下座の方でなんと紺と団左の間だった。

向かいには光が座り、たまに伊助の方に目を光らせている。

仲人は書画会の老絵師で、それが挨拶をすると、間もなく奥から加代と松吉が姿を現し、正面に並んで座って一同に頭を下げた。

「なんと、似合いのお二人だなあ……」

「ああ、お加代さんは綺麗だし、松吉さんは役者のようだ」

来客たちが、口々に二人の美しさを賞賛した。

伊助も、本来なら自分がそこに座るはずだったのに、と一瞬思ったが、別に松吉に妬心《としん》は湧かず、ただ進行に身を委ねるだけだった。何しろ集まった人たちの半数以上があやかしなのである。

三三九度がはじまると一同は静まりかえり、陽気な団左も茶々を入れることなく見守っていた。

やがて堅苦しい儀式が終わると、あとはざっくばらんな酒宴となった。

「ああ、やっと飲める。そらよ、番頭」

団左が言い、伊助の盃にも酒を注いでくれた。

伊助も喉を潤すと、書画会の連中が謡《うたい》を唸ったり、あちこちで歓談がはじまった。

松吉も笑顔で来賓たちの盃を受けていたが、飲み干すと、切れ長の目でチラと伊助の方を睨んだ。

伊助は思わずドキリとしたが、すぐ松吉は目を逸《そ》らし、別の人の酒を受けた。

加代は俯き加減で神妙にしていたが、話しかけられれば笑みを浮かべて答え、実に可憐だった。

自分が知っている加代ではないと分かっていながら、花嫁姿に伊助はそれなりの感動を覚え、今になって加代の肌の感触や匂いが甦ってきた。

「どうぞ」

紺が言い、伊助の盃に酒を注いでくれた。

伊助も、狸と狐に挟まれて酒を飲んだが、もちろん化《ば》かされて馬の小便を飲まされているわけではなく上物《じょうもの》の酒だった。

団左は手酌で飲み続け、銚子《ちょうし》を二本三本と空にしていったが、今日はいくらでも樽酒が用意されている。

やがて日が傾くまで宴会は続けられたが、来客の大部分は粋人なので座が乱れるようなことはなく、団左もゴロリと横になるようなことはしなかった。やはり藤兵衛の方が格上で、団左も気遣っているのかも知れない。

もちろん狸も狐も、ここにいきなり犬でも飛び込んでこない限り、尻尾を出すようなことはないだろう。

そして料理もあらかた片付き、夕闇が迫ってくるとお開きとなった。

すでに小雨は止み、降ったのは松吉が来たときだけのようだった。

「では、お二人にとっては大事な夜なので、我々はこのあたりで」

老絵師が上機嫌に言うと、藤兵衛と播磨屋の重吉が一同に挨拶した。

最後に松吉と加代が皆に深々と頭を下げると、やがて来客は腰を上げ、順々に引き上げていった。

播磨屋の一行と来賓たちが帰ると、人は伊助だけとなってしまった。

加代と松吉は奥座敷へ行って着替え、やがて裏の隠居所へ入るのだろう。

女中たちは手早く後片付けをし、伊助も手伝い、ようやく全てが済むと、自室に戻って寝巻に着替えた。

上辺《うわべ》は、ごく普通の商家の祝言ではあったが、それでも伊助は疲れきっていた。

盃は重ねたが酔ったほどではなく、料理も充分に頂いたし、滞りなく婚儀が終わって脱力していた。

恐らく様子を窺っていた妙と鈴香も、何の収穫もなく拍子抜けしたのではないだろうか。

とにかく、若旦那として松吉が相模屋に加わったのだ。

伊助は、何やら佐吉のように、二人の閨《ねや》を覗いてみたい衝動に駆られた。

いや、淫《みだ》らな好奇心ではなく、狐の姿に戻ってするのかどうか、そんな興味が湧いたのは、いつになくほろ酔いだからだろうか。

しかし、もちろん実行するような度胸はない。

何しろ相手は人ではなく鼻も利くだろうから、覗いていることなどすぐにも見破られてしまうに違いない。

二人は隠居所へ行き、母屋の方も静かになったので、皆それぞれの部屋に入ったようだった。

疲れているがまだ眠くはなく、ふと伊助はそっと障子を開け、草履を突っかけて裏木戸の方へと出て行ってみた。

すると、そこに妙がいたのである。伊助も、そんな気がして出てきたのだ。

「どうでしたか、お妙さん」

「普通の祝言でしたね。でも、婿入りした松吉は、完全にあやかしです」

訊くと、妙が重々しく答えた。

見ただけで分かるのかと伊助は不思議に思ったが、実際、紺が言っていたのだから間違いないだろう。

「何とか土蔵を調べたいのだけれど、良い口実が……」

「小火《ぼや》騒ぎでも起こしましょうか」

妙が腕を組んで言うので、伊助は答えた。

「まさか、そんなことは出来ません」

妙は言い、二人は土蔵と、その横にある隠居所に目を遣った。

すでに隠居所の行灯は消えているようだ。加代と松吉は、真っ暗な中で初夜を過ごしているのだろうか。

と、そのとき隠居所の方からフワリと何かが舞い上がった。

それは、なんと青白い二つの火の玉ではないか。

「ひ、人魂《ひとだま》……？」

伊助は、ビクリと硬直して呟《つぶや》いた。自分で小火騒ぎなどと言ったものだから、火を見てなおさら肝《きも》を潰したのだ。

「いや、人ではないから、あれは狐火《きつねび》……」

妙が言う。

あやかしの放つ火の玉なら、燃え移るようなことはなさそうである。

二つの狐火は、からみ合うように屋根の上まで浮かんで縺《もつ》れた。それは情交しているようでもあり、たまにこちらを窺うような素振りも見せた。

そして狐火は一通り舞ってみせると、やがて再び隠居所の中に吸い込まれて消え去っていった。

「今夜のところは、これで引き上げます」

「え、ええ……」

妙が言うと、伊助も声を震わせて頷いた。

やがて妙が立ち去っていくと、伊助も静かに縁側から自室へと戻り、布団を被って寝ようと努めたのだった。

第三章　からみ合う二つの恋

一

「あら、確か麻生様、でしたね」

　真之助が見回りしていると、いきなり声を掛けられた。

「お紺か。もう旅の疲れは取れたようだな」

　真之助は答え、あらためて垢抜《あかぬ》けた紺の姿を見た。包みを持っているので買い物の途中なのだろう。

「相模屋も、婿を迎えて繁盛しているようではないか」

「ええ、おかげさまで。あの、先日のお礼にお茶でも。あたしも少し休憩したいものですから」

紺が言い、近くにあった水茶屋を指した。

「いいだろう」

真之助も答え、一緒に縁台に並んで座った。

どうせ相模屋を見張ろうとしていたところなので、そこに住んでいる紺と話すのは無駄ではないだろう。

茶を頼み、冷たい風の中で一口すると熱い茶が喉に心地よかった。

今日も良く晴れ、真之助は煙草盆を引き寄せて一服《いっぷく》した。

(あやかしでなければなあ……)

真之助は紫煙をくゆらせ、隣にいる紺の整った横顔を盗み見ながら思った。

妙は、紺も狐だと言うが、それが間違いならば良いのにと思ってしまう。

すると紺も真之助の方に切れ長の目を遣った。

「麻生様は、お独り身なのですか」

訊かれて、思わず真之助は目を逸らした。

「ああ、もう二親もなくずっと一人だ」

「お手伝いに伺ってもよろしいですか」

「なに、相模屋の仕事があるだろう」

真之助は、紺の言葉にドキリと胸を高鳴らせた。

「お店は嫌なんです。化け物ばかりで」

「お、お前だって、そうではないのか」

紺が自分から言ったので、真之助も思わずそう言ってしまった。

「ええ。あの、お妙とかいう娘十手持ちが言ったのですね。でも、あのお妙も半分はあやかしですよ」

紺は言い、両手で湯飲みを持つと唇をすぼめて息を吹きかけ、充分に冷ましてから上品に一口飲んだ。

「確かにあたしは狐族です。でも荒事《あらごと》は嫌いなんです」

「相模屋が、何やら悪だくみをしているというのだな。いや、すでに五軒の大店が襲われている」

「まだまだするでしょうね。此度は人を殺めなかったようだけど、これからはどうなるか分かりません。あたしは呼ばれて来たけれど、どうにも気が乗らないんです」

「ならば、動きがあれば俺に報せてくれぬか」

真之助は言い、再び紺の横顔を見た。

「そうして一網打尽にしたら、あたしと暮らしてくれますか」

熱っぽい眼差しを向けられ、真之助は茶に噎《む》せそうになってしまった。

「なに……」

「体は全く人と同じですし、子も産めます。昔から、そうして人と幸せになってきた者たちが多くいるんです」

紺が言う。そういえば昔話にも、狐女房とか、あやかしと結ばれた男の話が多くあるではないか。

「仲間を裏切るのだから、麻生様だけが頼りです」

紺が言い、見る見るその目が潤《うる》んでくる。

「同じ狐族でも、あの松吉というのは心の冷たい大悪党です。それが狸族と手を組んだので、江戸の町は大変なことになります」

「た、確か神無月のうちに大仕事ということだが……」

「ええ、奴らの動きは麻生様に全てお話しするので、霜月になったら一緒になって下さいませ。私が生きていたらの話ですけれど」

「その話は、まずは悪事を防いで、連中をふん縛ってからのことにしよう」

「あい、それで構いません」

紺が答え、小さく頭を下げると小指でそっと涙を拭った。

「では、遅くなると叱られるので、あたしはこれで」

「ああ」

紺が立ち上がって言い、紙入れを取り出そうとするのを真之助が手で制すと紺はもう一度頭を下げて相模屋の方へと歩き去って行った。

それを見送り、姿が見えなくなると真之助は煙管の灰を落とし、新たな莨を詰めようとした。

と、そこへ妙が現れたのである。

「麻生様、お顔が赤いですよ」

「お、お妙、いつから見ていたのだ！」

妙が言うと真之助はたいそう狼狽《うろた》えて言い、吸うのを止めて莨入れを仕舞うと、冷めた茶を飲み干して勢いよく立ち上がった。

「狐は人を誑かしますよ。ご用心を」

「うるさい！」

皆まで言わせず真之助は怒鳴りつけ、そのまま足早に立ち去ってしまった。

「ああ、茶代も払わず行くなんて、すでに誑かされてしまったのかも……」

妙は嘆息して呟き、二人分の茶代を払ってやったのだった。

そして妙も相模屋の方へと歩いて行った。

すでに紺は中に入ったようで、真之助は番屋へ行ってしまったらしい。

暖簾《のれん》の隙間から店を覗くと、松吉が女客たちの相手をしていた。

さすがに役者のような色男なので客の評判も良く、むしろ松吉が目当てで来る娘たちが多いようだった。

妙がそのまま裏手へ回ると、勝手口から伊助が姿を見せた。

昨今、何かと妙はこの界隈を歩いているから、そろそろ来る頃かと思っていたのかも知れない。

「お妙さん、これを」

伊助は言い、紙片を手渡してきた。

「これは？」

「今日になって、狸の置物を買った客たちの名前です」

言われて開くと、確かに大店の名がいくつか書かれていた。

やはり八百八狸が置物に化け、仲間への手引きのため大店に入り込んだのだろう。

「有難う」

妙が言うと、伊助はぺこりと頭を下げ、急いで中に戻っていった。

やはりあやかしではない、たった一人の人だから見張られぬよう警戒しているのである。

妙は紙を袂《たもと》に入れ、そのまま番屋へ戻ると真之助が仏頂面《ぶっちょうづら》をして煙管をくわえていた。

「何だ」

「これを」

不機嫌に言われ、妙は伊助から渡された紙を差し出した。

「何だ、これは」

「次に狙われそうな大店です」

「何、なぜ分かる！」

「襲われた店には、全て狸の置物があって割れていました。あやかしの狸が、置物に潜んで押し込みの手引きをしているのでしょう」

「ふうむ……」

真之助は唸り、すでに紺のことから押し込みへと考えを切り替えたように、ポンと火鉢に灰を落とし、新たな莨を煙管に詰めて火を点けた。

「播磨屋の方は、狐狸妖怪の巣ではないのか」

真之助が書き付けを袂に入れて言う。妙は、もう全て記憶していた。

「今のところ、普通の人でしょう。でも、播磨屋から相模屋へ婿入りした松吉は、どうやら狐族の頭領のようです」

「あんな若造がか。藤兵衛が大狸というのは分かるが」

「あやかしの年は分かりませんからね」

「全く、掏摸《すり》やかっぱらいを追ってる方がどれほど楽か。よりによって狐狸妖怪とはな……」

真之助が、やたらと煙を吹かして言う。要するに、あやかし相手だから手をこまねいているのだ。

「素性の知れぬ三人の仏も、このまま有耶無耶《うやむや》か」

「ええ、相模屋は、すでに番頭の伊助の他は全てあやかしに入れ替わっているでしょう。今までの奉公人の骸も、もう目につくところには捨てず、どこかにまとめて隠しているのではないかと思われます」

「伊助だけ、なぜ無事なのだ」

「いずれ危ないでしょうが、何かわけがあると思います」

「よし、まずは狸の置物を買った大店に、それとなく気をつけるよう言って回るとするか」

真之助が言い、灰を落として煙管を莨入れにしまった。

そして妙と二人、番屋を出て大店を回ることにしたのだった。

二

「おお、鈴香先生、一人で手酌とは小粋な」

夕刻、鈴香が一人居酒屋で飲んでいると、そこへ団左がやってきて言った。

今日も目いっぱい稽古をし、日が傾くと鈴香は井戸端で身体を流し、夕餉は一人外で済ませるのが常だった。

父の新右衛門と後妻の雪の、睦まじい夕餉の邪魔をせぬよう何かと気を遣っているのである。それほど、新右衛門は見ていられぬぐらいベタベタに雪に入れ揚げているのだった。

もちろん雪は、鈴香と三人での夕餉を望んでいるが、いましばらく親たちの新婚気分が抜けるまで鈴香は一人の方が気楽だったのだ。

「お相伴《しょうばん》。過日の稽古のお礼に奢らせてくれい」

着流しの団左は言って隣に腰を下ろし、新たな酒と摘《つま》みを頼んだ。

「狸と飲むのも一興《いっきょう》か」

鈴香が言うと、

「俺の方も、鬼娘と飲むのは乙《おつ》な気分だぜ」

団左は返しながら、運ばれた銚子の酒を茶碗に注いで呷《あお》った。

「入り婿の働きぶりはどうだ」

「ああ、娘客にたいそうな人気だが、すかした色男でいけ好かねえ」

団左は言い、さらに銚子を二、三本頼んだ。

「それより祝言のとき、鈴香先生は女の十手持ちと何かと中を覗いていたな。あの娘も鬼だろう」

「お妙か、あの娘は私より強い」

「へええ、そいつあ驚きだ」

団左は言い、摘みを空にすると酒に専念しはじめた。

鈴香も夕餉を終えたので、団左に付き合って茶碗で飲むことにした。

「いける口だねえ。格闘は負けたが、俺あ酒は負けねえぜ」

「私は酒も強いぞ」

「いいねえ、飲みっくらといこうじゃねえか。おい親父、樽《たる》ごと持ってこい」

団左は奥に言い、前払いに二分銀《にぶぎん》を出すと主人も愛想よく一斗樽《いっとだる》を出してきた。

むろん鈴香は常連なので、最初から主人は心配もしていない。

「それで、狸と狐が悪だくみしているのだな。すでに五軒の大店が襲われている。これからもあるのだろう」

鈴香が、濃い眉を険しくさせて団左に訊いた。

「ああ、だがなあ、どうにも気が乗らねえ」

「うん？」

急に神妙な声になった団左に、鈴香が顔を上げて聞き返した。

「江戸は面白えところだ。出来れば余分な金など貯め込まず、皆と穏やかに暮らしてえものだと思ってる」

「ほう、殊勝《しゅしょう》なことを」

「もし連中の悪事を止めて、二度と悪さをしねえと誓わせたら、鈴香先生、俺と所帯を持ってくれねえか」

「なに」

「あやかしだって、人と幸せに暮らしてえ気持ちはあるんだよ。まして鈴香先生は、武士でもねえ俺を道場へ上げてくれた。身分の分け隔てがなければ、あやかしと一緒になったっていいだろう」

「ふむ……、お前に正式な剣術を仕込めば、無敵の師範代になれような」

鈴香も、酔いに任せて笑みを含みながら言った。

「おう、それそれ、あやかしは思い込んだら一途だ。まして鈴香先生の仕込みなら、どんなに辛くても粉骨砕身《ふんこつさいしん》精進するぜ」

団左は柄杓《ひしやく》に樽酒を汲み、鈴香の茶碗にドボドボと注いで言った。

「ならば、また道場に来い」

「ああ、だが他の門弟たちが俺を嫌うだろうからな、稽古のない頃合いを見計らって伺うとするか」

団左が言い、新たな酒を注いだ。

「団左は、どこの生まれなのだ」

「前にも言ったが鎌倉の山ん中から浜へ出た。まあ、あやかしの里も良いが、やはり江戸へ出てきたら、もう戻る気にはなれねえ」

鈴香が訊くと、団左は故郷を振り返るように遠い目をして答えた。髭面の巨体だが丸い目には愛嬌がある。

「それで、押し込みを止めることが出来るのか」

　鈴香は話を戻し、茶碗酒を空にした。

「狸族の頭領である藤兵衛と、狐族の頭領の松吉、この二人は強欲《ごうよく》だ。妖術も使うし江戸中を乗っ取ろうと企《たくら》んでる。しかも娘役のお加代も相当な女狐でな。説得は無理だろうから、結局は仲間割れの殺し合いになろうよ」

「あやかしは、刀で斬れるのか」

「むろん、まやかしの技は使うが元は生身だ。斬れば死ぬ」

「お前は仲間を裏切れるのか」

「ああ、狐族とは前から反目していた。ただ同族の狸は、藤兵衛だけ倒せば、他の狸は俺に従うと思う」

「そうか……」

「所帯を持ってくれるなら全力で戦うが、何しろ数が多いから、俺が命がけになっても分《ぶ》は悪い」

「私に出来ることはあるか」

「普通の人じゃ無理だが、鬼の気を持ってる鈴香先生とお妙が加わってくれれば、実に心強い」

「分かった。動く宵が分かったら報せてくれ。お妙と共に駆けつける。あとの話は全てが片付いてからだ」

「承知した。樽も空だ。出ようか」

団左が言って全て飲み干し、腰を上げた。そろそろ六つ半（夜七時頃）で、他に客もおらず店仕舞いの刻限だろう。

「親父、釣りは要らん。また来る」

団左が奥に言い、鈴香も立ち上がるとフラリとよろけてしまった。

「おっと、やはり酒は俺の勝ちか」

「なんの、お前も腰がフラついていよう」

支えてくれた団左に言い、鈴香は一緒に店を出た。

外は冷たい夜風が吹いているが、火照《ほて》った頬に心地よい。

「狸に奢られるなど夢にも思わなかった」

「ああ、気持ちいい宵だ。少し歩きましょうぜ」

肩を組んだまま、そのまま火照りを冷ますように河原まで歩いた。川沿いに歩いて土手を上がれば、やがて相模屋と道場へと道が分かれる。

三つの仏が晒された河原だが、もう悶っ引きたちの姿はない。

元より、二人とも夜目が利くので石につまずくようなことはなく、月の光を浴びた川面が煌《きら》めいていた。

　やがて土手の坂道まで来ると、肩を組んでいた団左が、いきなり鈴香をきつく抱きすくめてきたのだ。

「あ……」

　鈴香は小さく声を洩らし、温もりと男の匂いにビクリと身を強張《こわ》らせた。

「なんと、可愛い……」

「よせ、せっかくの酔いが醒めることになるぞ」

　団左がうっとりと言い、鈴香も、もがくことなく静かに言った。

「ああ、本気で蹴られちゃ堪《たま》らねえ」

　団左は言い、すぐに抱擁を解いた。

「済まねえ。不粋《ぶすい》なことをした。だが酔いに任せてのことじゃねえ。本気で惚れてるんだ」

　団左は言い、大人しく土手を上りはじめ、鈴香に手を差し伸べた。

　鈴香もその手を握って一緒に土手を上りきると、団左はその手を離して、ぺこりと辞儀をした。

「では、これにて」

「ああ、馳走になった」

団左が言うと鈴香も答え、やがてあっさりと踵を返し、それぞれの道へ分かれて歩いて行った。

その二人の姿を、見ている者がいた。

見回りしていた妙である。

（あ、あれは、鈴香さんと、団左とかいう相模屋の居候……）

妙は呆然と二人の姿を見送った。

確か二人は、手を握り合って土手を上ってきたのだ。

その様子からは、何やら仲睦まじく、心を通わせ合っているような風情が見受けられたではないか。

（また、難儀なことに……）

妙は嘆息した。

真之助も最近とみにぼうっとしているし、そのうえ鈴香まで狸に誑かされているのだろうか。

とにかく、この刻限まで団左が酔って出歩いているということは、今宵の押し込みはないのだろう。それでなくても昼間、真之助と手分けして大店に注意するよう呼びかけて回ったのだ。

まだ神無月は何日か残っているし、今宵のところは妙も帰って大丈夫ではないかと思った。

（それにしても鈴香さんまで……）

妙は帰途につきながら思った。

真之助は女嫌いを通しているが、実際は振られるのが嫌さに堅物を装っているだけで、内心は寂しいに違いない。だから女狐の誘惑にあったら、ひとたまりもないのだろう。

だが鈴香は、常々男の心を持っているから大丈夫と思っていたのに、やはり人を誑かすことを本領とするあやかしにすれば、生娘の鈴香など赤子の手を捻るようなものかも知れない。

まして鈴香は日頃から、自分より強い者がいればいつでも一緒になって良いと言っていたし、門弟で細腕の若侍たちに比べれば、人ならぬ団左はそこそこに強いのだろう。

まあ、鈴香が女同士で妙に迫ってくるよりはマシなのだが、よりによって狸というのは厄介である。これが、普通の男が相手だったら、妙もどんなにか嬉しくて祝っていたことだろう。

もっとも妙自身が、半分あやかしの小太郎に思いを寄せているのだから他人《ひと》のことは言えない。

ただ小太郎は妙を誑かす気などないし、妙が勝手に思っているだけだから何ら悶《もん》着《ちゃく》は起きていないのである。

(狐狸、恐るべし……)

妙はもう一度嘆息してから、たつやに帰っていったのだった。

三

「なるほど、あやかしと人との恋ですか」

妙が長屋を訪ねて相談すると、小太郎が言った。

翌日の昼近くである。

朝から小太郎は学問所に行って昼前に戻り、昼過ぎは神田明神で三人娘と見世物の手伝いに合流するので、妙もすっかり小太郎が一人で長屋にいる刻限を承知しているのだった。

相変わらず部屋の中は、積まれた本の山ばかりである。

今日も妙は、三角のおにぎりを持ってきて、小太郎と一緒に昼餉を囲みながら話していたのだ。

ちなみに小太郎に言わせると、三角のおにぎりは鬼を斬るという戦いへの備えであり、丸いのはおむすびであり、産霊《むすび》というのは魂を込める、守りの備えということらしい。

「昔から、あやかしと人が所帯を持つ話は多い。幸せに添い遂げる者もあるし、別れる者もある。それは人同士と同じことです」

「そうですね」

「だいいち私の二親が人とあやかしで、今も睦まじくしているし、生まれた私もこうして元気に育っている」

小太郎が言い、次は妙が話す番だというふうにおにぎりを頬張った。

「でも、相手は狐狸ですよ。人を誑かすものでしょう」

「そう決めつけたものでもない。その、お紺と団左も、本気で麻生様や鈴香さんに惚れたのかも知れないでしょう」

小太郎は沢庵《たくあん》をかじりながら答えた。

「そう思わせるのが、そもそも誑かしでしょう」

「だが瓢簞《ひょうたん》から駒《こま》ということもある。麻生様も鈴香さんも心根の良い人たちだから、最初は誑かすつもりが、いつしか相手も本気になるかも知れない」

「それは望み薄と思います。あたしは誰より、二人の幸せを願っているのですから、麻生様にも鈴香さんにも辛い思いはして欲しくないんです」

妙は言い、自分の分を食べ終えたので竹皮の包みを丸め、竹筒に用意してきた茶を入れてやった。

「なるほど、確かに此度の押し込みが続くとなると、そう簡単には裏切りそうにないですね。お妙さんが二人の仲を引き裂いたとしても、幸せを奪うことにはならないと思います」

小太郎も食べ終え、竹の蓋に注がれた茶をすすった。

「そうでしょう。ただ、やり方を誤ると、二人に恨まれることになりそうです。何しろ夢中らしいので」

「お妙さんも深入りしすぎて、色男らしい松吉あたりに誑かされないように気をつけて下さいね」

「そんなことは絶対にありません。あたしはもう心に……」

妙は言いかけて胸が詰まった。

せっかく二人きりだというのに、一体いつまで、こんな捕り物の話ばかりすることになるのだろう。

「さて、では出かけるとしようか」

小太郎は、話を打ち切るように言って立ち上がった。

妙も竹筒に蓋をして帯に結び、丸めた竹皮を屑籠《くずかご》に捨てて腰を上げた。

裏長屋を出ると、他の長屋との共用の井戸端で洗濯しているおかみさんたちに挨拶し、二人は表通りに回った。

妙も、年中ここを訪ねているというのに、おかみさんたちが小太郎と妙の浮《うわ》ついた噂など一切立てることはなかった。小太郎は学問好きの変人扱いだし、妙は腕利きの十手持ちなので、おかみさんたちは、あくまで妙が捕り物の相談に来ていると思っているのだろう。

まあ、実際そうなのであるが。

「一緒に明神様まで来ますか」

「いえ、あたしは松吉に会ってこようと思います。まだ面と向かって話したことがないので」

「そう、ではここで。今日もご馳走様」

小太郎は言い、そのまま神田明神の方へ向かって行ってしまった。

その長身の後ろ姿を見送ってから、妙は相模屋へと行った。

暖簾の隙間から窺うと、ちょうど客がいなかったので、妙はすぐ中に入った。

「これは親分さん」

帳場にいた藤兵衛が太い腹を揺すり、相好を崩して妙を迎えた。その脇には元看板娘で、今は新造の加代もいて、妙に笑みを向けていた。

狸に狐の親子である。

光に団左、伊助の姿は見えないので、昼餉のため交代で奥にいるのかも知れない。

「親分さんはよして下さい」

「ではお妙さん、何か聞き込みでしょうか」

「松吉さんに、ちゃんとご挨拶したことがなかったものですから」

「ああ、左様ですか。今ちょうど播磨屋へ届け物に行ってますが、間もなく戻りますでしょう」

藤兵衛が答える。

業種は違っても親戚になったのだし、遠い場所ではないので何かと行き来があるのだろう。

「中でお待ちになりますか」

「いえ、そこらを歩きながら行き合うことにします。では」

妙は藤兵衛に答え、親子に辞儀をしてすぐに相模屋を出た。

そして播磨屋の方へ向かうと、包みを抱えた松吉がこちらに来るのが見えた。

さすがに良い男で、道行く女たちが振り返っている。もっとも妙も名が知れているのだから、あちこちから挨拶された。

「松吉さん、あたしは」

「ああ、存じてますよ。お妙さんですね」

妙が話しかけると、松吉も笑みを浮かべ如才《じょさい》なく答えた。

「婿入りで町内にいらしたのに、まだご挨拶申し上げていなくて」

「ええ、じゃそこでお茶でも。戻るとすぐにコキ使われますので、少し休憩させて下さいませ」

言うと松吉が、いかにも婿養子といった風情で笑って答え、近くの茶店の縁台に腰を下ろした。

「盛大な祝言だったそうですね。あらためまして、お目出度うございます」

「いえいえ、恐縮です」

松吉は頭を下げて答え、運ばれてきた湯飲みを手にし、熱いのは苦手なのか息を吹きかけて冷ましていた。

「松吉さんは、どこのお生まれで？」

「何を仰る。私は播磨屋の次男坊ですよ」

妙が訊くと、松吉はやや吊り上がった切れ長の目をキラリとさせて答えた。

「そうでしたね、済みません。つい、今まで外であまりお見かけしなかったものですから」

「ああ、虚弱で長患いしてましたからね。もっとも薬種問屋の倅に薬が効かないのは形無しなので、治って良かったです」

松吉は言い、ようやく少しだけ茶をすすった。

人のふりも大変なのではないか、と妙は思った。

「それで、狸と狐は仲が良いのですか？」

「なぜそんなことを」

妙が訊くと、松吉も薄笑いを浮かべながら答えた。

「本音で話しましょう」

「そう、あんたは鬼か。まさか江戸に鬼がいるとはな……」

松吉も、もう鋭い眼光を隠さずに言った。

「あたしは人ですよ。たまたま鬼の気を宿してしまっただけ」

「そうか、何者だろうと邪魔なことは確かだ。狸族と仲が良いわけではないが、ときに力を合わせることもある。まあ、いずれ雌雄《しゆう》を決することになるだろうが、人同士も似たようなものだろう」

松吉は口調を変えて低く言った。

「ええ、それよりも、せめて伊助さんだけは助けてやってくれませんか」

「ああ、岡っ引きが人殺しを庇《かば》うのも妙なものだ」

「もちろん、その罪は消えませんが」

「あいつはお加代が気にかけている。何しろ本物のお加代と情を通じ合った男だからな、今のお加代も何かと扱いに困っているようだ。化けた相手の気が残っているのかも知れん」

松吉は湯飲みを見つめ、本音で話しているような気がした。

「お紺さんは?」

「あれは頼りにならん。少しでも頭数を増やしたくて呼び寄せたが、心の底では平穏な暮らしを望んでいるようだ」

松吉が言い、妙は複雑な思いになった。

(もしかしてお紺は、本心から麻生様と……)

いやいや、自分が誑かされてはいけないと、首を振って妙は茶をすすった。

「どうした、お紺が何か」

「いえ、団左はどうです？」

「あれは力技だけの莫迦だ。藤兵衛の言いつけだけは聞くが、あとはただ傍若無人《ぼうじやくぶじん》で単純。愚かなことに、人の女と所帯を持つのが夢とか言いくさる」

松吉の言葉に、もう妙は惑わされることはなかった。

すでに松吉は、紺と団左が、それぞれ真之助と鈴香を誑かしにかかっていることを承知して、それで妙を混乱させようとしているのだろう。

だが、そのとき妙は小太郎の言ったことを頭に甦らせた。

(お紺も団左も、本気で真之助や鈴香に恋をしているという見込みが、全くないわけではない……)

だが、それは小太郎の優しさから出た考えかも知れない。

「それにしても、あやかしと知りつつ、こうして平気で話しているのだからおかしなものだ。見た目は綺麗な娘なのだがな、大した度胸だ」

　松吉が、妙に流し目を遣って言った。

「ええ、妙という字は女っ気が少ないと書く、と死んだ兄に言われました。それに綺麗だなんて言われても心は動きませんので」

「ふふ、婿入りしたばかりで他の女に手など出す気はない」

　松吉は言い、ようやく茶を飲み干すと、ちゃんと二人分の茶代を財布から出して縁台の隅に置いた。

　と、そのとき真上に鳥が舞い、屋根の陰に猿の姿が見え、物陰から白い犬がこちらを窺っていた。

　そう、小太郎の妹分である三人娘だ。

「う……！」

　それに気づいた松吉が呻き、いきなり立ち上がった。

「どうやら、馴れ合いをしている場合じゃなさそうだぜ」

　不気味に目を吊り上げて妙に低く言う松吉の口が、一瞬耳まで裂けたように見えたではないか。

思わず妙はビクリと身構えたが、そのまま松吉は振り返らず足早に相模屋の方へと立ち去っていったのだった。

四

「三人とも、境内の方は？」

松吉が姿を消すと、明烏、紅猿、伏乃の三人娘が刺し子の稽古着と野袴姿に戻って近づいてきたので、妙は言った。

普通なら、今ごろ三人娘は神田明神の境内で見世物をしている頃合いなのだ。

「若に言われて、お妙さんを守れって」

伏乃が言い、三人も縁台に座ったので、妙は団子や饅頭を頼んでやった。

さっき妙が小太郎に、松吉に会うと言って別れたので、気になって三人を寄越してくれたのだろう。

妙は、小太郎の気遣いが嬉しかった。

「そう、大丈夫よ。昼日中《ひるひなか》から戦ったりしないから」

「ええ、でもあの狐男、相当な妖力《ようりょく》を持っていそうですよ」

妙が言うと、三人娘は団子や饅頭を食べながら答えた。

「そうね、気を引き締めないと……」

妙は言うと、三人分の追加の代金を出してやり、やがて皆が食べ終わると立ち上がった。

「明神様へ来ますか？」

「ええ、一緒に行きましょう」

訊かれて妙が答えると、三人ははしゃぐように妙を囲んで神田明神へと向かっていった。

三人とも見た目は二十歳ぐらいだが、その仕草や声が可憐で、十八の妙より年下に思われがちである。

境内に入って奥へ行くと、今日も多くの見世物が出て人が集まっていた。

縁台で本を読んでいた小太郎も気づいて立ち上がると、三人娘の芸の仕度をはじめた。本を仕舞って包みから手裏剣を取り出し、木の幹に畳《たたみ》を立てかけて投げ銭用の笊《ざる》を出す。

「ようよう、待ってました」

「今日はお休みかと思ったぜえ」

常連客たちが口々に言い、三人娘が手裏剣投げや軽業を披露しはじめると、やんやの喝采が浴びせられた。

「三人を寄越してくれて、有難うございました」

妙は、芸をする三人を横目に、小太郎に近づいて言った。

「いや、だが松吉も三人に気づき、恐らく本気になったことだろう」

「ええ、すごい形相でした」

「これからどうする」

「鈴香さんに会ってきますので」

「そう、気をつけて」

小太郎に言われ、妙は辞儀をして境内を出た。

そして結城道場に行くと、静かなので、もう昼過ぎの稽古は終わり、門弟たちは帰ったようだった。

しかし格子窓が開いていたので覗いてみると、稽古着姿の鈴香と、着流しの団左が袋竹刀を構えて対峙《たいじ》しているではないか。

「さあ、踏み込んでこい！」

青眼に構えた鈴香が言うと、団左が勢いよく踏み込み、鈴香の面に激しく打ち込んでいった。

それを鈴香が弾くと、勢い余った団左はたたらを踏んだ。

「真っ直ぐ振りかぶって下ろすのだ。何度言えば分かる！　さあもう一度！」

鈴香が叱咤《しった》すると、団左も構え直して大きく振りかぶり、真っ直ぐに振り下ろしていった。

「そう、それで良い」

最小限の動きで攻撃を躱《かわ》して言い、鈴香は向き直った。

「さあ、では稽古だ。正しい姿勢で打ってこい」

鈴香が言うと、団左も巨体に似合わず身軽に飛び跳ねて間合いを詰め、鋭い連続技を繰り出していった。

それを鈴香が悉く弾きながら、団左の面や胴に得物を叩きつけていた。

頑丈そうな団左は痛みに顔をしかめることはないが、団左の得物は鈴香に掠《かす》りもしなかった。

二人の地稽古を見ながら妙は、鈴香が半年前の深手を乗り越え、完全に復活していることを心から喜んだ。

やがて休憩に入り、二人は礼を交わして得物を納めた。

「おお、お妙か、入ってくれ」

気づいた鈴香が言い、妙も入口に回り、礼をして道場に入った。

「これがお妙さんか、本当に鈴香先生より強いのか」

団左が言うと、

「団左、まず挨拶をしろ!」

鈴香が怒鳴りつけると、団左も姿勢を正して妙に向かった。

「相模の団左と申しやす。どうかお見知りおきを」

「たつやの妙です」

団左の、あまりに爽やかそうな顔つきに妙は少々戸惑いながら答えた。

「お妙と戦いたかろう」

「ええ、そりゃもう」

「お妙、良いか」

鈴香が、団左から妙に顔を向けて言う。

「構いません」

妙も答え、十手を抜いて道場の隅へ置き、いつものように短い袋竹刀を手にした。

「そんな短《みじけ》えもんで良いのか」

「侮《あなど》るな。本気でかかれ。お妙も、容赦《ようしゃ》なく叩きのめしてくれ」

鈴香が下がって言うと、二人は礼をして対峙した。

団左は、見た目は無頼だが、鈴香に教わったばかりらしく袋竹刀を青眼に構えて背筋を伸ばした。

確かに、大男だけあり実に迫力がある。

妙は、右手に得物を持って左手は腰、半身に構えて切っ先を団左に向けた。

平穏だった半年を経て、久々に鬼の力が湧いてきた。

「こ、こいつあ……」

団左も、対峙してみて妙の迫力に息を呑んでいた。それは恐らく、鈴香以上の圧迫感なのだろう。

それでも鈴香の前で怯《ひる》むわけにはいかず、団左は大きく息を吸い込んで止めると、真っ向から踏み込んできた。

妙も一瞬で間合いを詰め、その右手首に激しい出籠手《でこて》。

「つ……!」

ピシリと打たれると、鈴香に打たれても平然としていた団左が顔をしかめ、そのままガラリと得物を落としてしまった。

呆然とするのも一瞬で、団左は丸腰のままいきなり飛びかかり、激しく妙に組みついてきた。

妙は慌てず団左の脇に手を差し入れ、腰を捻って勢いよく投げつけていた。

もちろん股間など蹴り上げるまでもない。

「うわ……」

宙に舞った団左は二回転ほどして呻きながら、床が破れるほどの勢いで激しく叩きつけられていた。

「た、立てねえ。全く勝てる気がしねえ……」

半身を起こした団左は、尻餅をつきながら目を丸くして言った。

「団左、言葉遣いをあらためろ！」

鈴香が言うと、団左はようやく正座して頭を下げた。

「ま、参りました……」

団左が言うと妙も礼を返し、得物を壁に戻した。

「お妙、前よりずっと強くなってるな。もう私など足元にも及ぶまい」

「そんなことないです」

妙は息も切らさずに答え、十手を帯に戻した。

「では、庭で休もうか」

「師範とお雪さんは？」

「道場の寄り合いで料亭に出向いている」

鈴香は答え、ようやく身を起こした団左に命じて格子窓を閉めて回らせた。

そして三人で道場を出て戸締まりすると庭に回り、縁側に座った。

「驚いた。打たれたときは骨まで響きやがる……」

団左が右手首の痣《あざ》をさすりながら言った。

「分かっただろう。上には上がいることを」

「へい、いや、はい。それにしても江戸はすげえ……」

「そうだ。江戸は私たち鬼が守っている。狸や狐の悪だくみなど通らぬぞ」

「はい、何とか連中の思惑が潰《つい》えるよう命を賭けますので」

そう神妙に答える団左の様子を見ていると、とても嘘をついているようには見えないと妙は思った。

「どうだい、お妙さん。俺らは似合いの夫婦になれると思わねえかい」

「団左、言葉遣いを」

「いいんです。ざっくばらんな話し方の方が気が楽ですので」

妙が答えると、団左は嬉しげに満面の笑みになった。実に愛嬌があり、人懐こそうである。

「確かに、似合わなくもないけど、大仕事が終わるまでは何とも言えませんね」

妙が言うと、二人も承知しているように頷いた。

「では、あたしは見回りに行きますので」

「ああ、また寄ってくれ」

妙が腰を上げて言うと鈴香が答え、団左が頭を下げた。妙も辞儀をし、そのまま庭を出て表通りに回っていった。

（ううん、どうなるんだろう……）

妙は複雑な思いを抱えながら、神田の町を歩いたのだった。

五

「伊助、お前、置物を買った客たちの名をお妙に教えたね」

夜、加代が伊助の部屋に来ると目を吊り上げて言った。

もう夕餉も済ませ、松吉は先に隠居所へと引き上げたようだ。

伊助も寝巻に着替え、あとは寝るばかりとなっている。

藤兵衛も光も紺も団左も、他の奉公人たちも皆それぞれの部屋に入っていた。

「い、いえ……」

伊助は首を横に振ったが、あやかしだらけの店の中で、何かしようとしても全て見られていることだろう。

「何をやっても、全部お見通しなんだよ」

加代は言い、へたり込んでいる伊助の頬を両手で挟み、顔を寄せてきた。

ふと伊助は、本物の加代の匂いを感じて戸惑った。

「ど、どうか、ひと思いに殺して下さい……」

「そう。居直ったね。殺されたいのかい」

「あの時さっさとお嬢様のあとを追わなかったのがいけないんです。こんな毎日恐い思いをするのは、もう耐えられません……」

伊助は声を震わせて答えた。

「そうするつもりなら、とうに殺しているさ。前にも言ったように、お前に宿っているお加代の恨みの念が要るのさ」

加代が顔を迫らせたまま、熱く甘い息で囁いた。

「ど、どう要るのです……」

「お前に、松吉を殺して欲しいのさ」

「え……?」

伊助は一瞬、何を言われたか分からず呆然とした。

「お前なら、きっと松吉も油断するだろう。あやかしとはいえ、心の臓を一突きすれば死ぬ」

「な、なぜ……」

「大仕事のため狐同士で一緒になったけど、どうにもあたしは松吉が好きになれないのさ。何でも仕切りたがるし、平気で仲間も殺せる冷たい奴さ。奴が死ねば、晴れてお前と一緒になれる」

言われて、伊助は目の前にいるのが本当の加代に思えてきた。

その眼差しも声音も、以前の加代そっくりではないか。

「お願い、伊助、松吉さえいなかったら、あたしたちは一緒になれたんだよ」

可憐な声と潤みがちな眼差しに、伊助は激しく動揺した。

「何も今すぐやれと言うんじゃない。大仕事の前にあたしが合図するので、そのときに匕首で」

加代が言う。

心中しようとしたとき用意した匕首は、今も伊助の部屋に隠したままだ。

「松吉さえ死ねば、あとは狐族はあたしの言いなりだ」

「………」

「お前が望むなら、江戸の町は襲わない。むしろ平穏な暮らしの方が望みなのさ」

「ほ、本当に……？」

「ああ本当さ。もちろん松吉が死んでも、すぐあたしたちが一緒になれるわけではないけど、喪が明ければいずれ、今まで人々が思っていたような元の鞘に納まるのさ。死骸はあたしたちでどうにでもなる」

「だ、旦那様は……」

「それは、狸族の方で密かに話が進んでいる。藤兵衛と松吉さえいなくなれば、あたしたちは今まで通り、繁盛する店で穏やかに暮らせるのさ」

加代は言い、そのまま伊助の顔を胸に抱きすくめていた。

「お、お嬢様……」

胸に抱かれながら伊助は声を震わせ、いつしかしっかりと加代に両手でしがみついていた。

懐かしい甘い匂いと温もりに包まれ、今まで偽物の加代に甦らなかった愛《いと》しさが、今こそ激しく胸に広がっていった。

「そう、あたしはお加代だよ。頭領の二人だけいなくなれば、あとは何もかも上手くいく。子も産めるし、今まで思っていたような幸せが待っているのよ。お前に宿った本物のお加代の恨みを、全て松吉だけに向けておくれ」

「そ、そのために私を……」

「ああ、そうだよ。あたし一人では何も出来ない。お前が味方になってくれなければあたしも死ぬし、江戸中があやかしに乗っ取られる」

「わ、分かりました……」

伊助は、意を決して答えていた。

「おお、やっておくれだね？」

「ええ、いま殺されても構わないと思っていたぐらいですから、何でも出来ます。それに、江戸の町を守るためにも……」

伊助は言い、しがみついた両腕に力を入れた。

「どうかお願い。伊助だけが頼りなんだ」

加代は答え、さらに強く抱いてくれた。

「播磨屋の方は……？」

「あっちはみんな人だよ。本物の松吉はとうに死んで井戸の底で骨になってる」

加代が言い、さらに詳しいことを教えてくれた。

松吉が入れ替わって画策し、折しも病弱だった藤兵衛も入れ替わり、狸族と手を組んで相模屋へ婿入りしたのだ。

だから加代が言った通り、今の松吉さえいなければ何事も起こらなかったのだ。

伊助が加代を思わず殺めることもなく、伊助は予定通り加代の婿になれて丸く納まったのである。

「さ、離れて」

加代が囁き、やんわりと伊助を引き離した。

「あまり一緒にいると、人の匂いで松吉に気づかれるし、あいつは何するか分からないからね」

「は、はい……」

言われて伊助は答え、名残惜しげに甘い匂いを貪《むさぼ》った。

「じゃ、行くからね、近々心しておいて。お妙とは、これからも通じ合って構わないよ。誰もが穏やかに暮らせることを望んでいるだろうから」

「分かりました。お休みなさいませ」

加代が立ち上がると、伊助は以前の加代に言うように頭を下げた。

加代が出て行き襖が閉まると、伊助は自分の荷の中から匕首を取り出した。

鞘を払ってみると、鋭い刀身が青く光った。

新品を手に入れたから曇りはないが、使う前には油を引いておいた方が良いかも知れない。

(そう、全ての元凶《げんきよう》は松吉なんだ……)

伊助は思い、死んだ加代も、自分より松吉を恨んでいるのではないかと思いはじめていた。

抜き身を鞘に納めると、伊助は元のように荷の中に匕首をしまい、行灯を消して布団に横になった。

暗い部屋で目を閉じると、何やら加代の首を絞めて殺めたことが夢まぼろしのように思えてきた。

これから、今の加代が言ったように、いずれ自分が入り婿になり、平穏な暮らしとなったら加代を殺めたことも無かったことになるのだろうか。

あやかしでも人との間に子が出来るという。

その頃は、加代の話では藤兵衛もいないだろうから、自分が主になっているかも知れない。

あの、すっかり人が変わった光や、薄気味悪い紺も、恐らく加代の言いつけに従うのではないだろうか。年は若く見えるが、狐族では松吉を除けば、加代が一番格上なのかも知れない。

伊助はあれこれと、今まで起きたことを振り返ってみた。

ただの人で小悪党だった佐吉の死だけは、全くのはずみで自業自得というものだろう。

だが、妙はどうするのか。

何もかも平穏に治まったら、自分の罪を追及してくるだろうか。

まあ、佐吉に関しては故意ではないと妙も承知してくれているし、今後とも加代が普通に暮らしていれば、もう自分の罪は問われないのではないか。

そう思いつつも伊助は、一抹《いちまつ》の不安を覚えてしまうのである。

いかに忘れよう、無かったことにしようと思い込もうとしても、日頃の暮らしの中で、ふとした拍子に加代の苦悶の顔が浮かんで胸を重くさせるのだ。

人を殺めたという思いは、あるいは一生消えないのかも知れない。

今頃、加代は隠居所で松吉に抱かれているだろうか。自分の匂いに気づいて逆上したりしないだろうか。

悩むことは山ほどあるが、今はなぜか、加代に言われたことが心の支えになっているような気がする。

そういえば今まで番頭として、無理と思える仕事を頼まれたときほど俄然やる気になったものだ。

此度も目的を与えられ、しかも世のためになるというのは魅力であった。

確かに匕首で刺し殺すなど荷が重すぎるが、相手は人ではない。だが、人以上に手強《ごわ》いあやかしの頭領ではないか。

しかし、あやかし同士ではどこかで心根が通じ合うようで、同族の加代にはとても出来ないのだろう。

だからこそ自分に頼んできたのだ。

(やるしかないか……)

伊助はそう思った。

何しろ、たったいま加代に殺される覚悟までしたのである。それを思えば目的を持って松吉を襲い、たとえ返り討ちになったとしても悔いはなく、いま死ぬよりもずっと良いだろう。

そう心を決めると、急に睡魔が襲ってきた。

だが、少しウトウトしていると、遠くで呼子の音が聞こえてきたではないか。

しかも一箇所ではなく、あちこちから聞こえる。前に五軒の大店が押し込みに遭ったときのようだ。

伊助は完全に目を覚まし、そっと部屋を出た。

すると、どの部屋にも誰もいないではないか。どうも静かだと思ったら、みな出払っていたのだろう。

隠居所はどうか。

あるいは加代まで、怪しまれぬよう松吉たちと共に押し込みに出向いているのかも知れない。

思ったが、とても恐くて見に行く気持ちにはなれなかった。

それに加代は、いざ松吉を刺す段になれば合図すると言っていたのだ。

今は、そのときではないのだろう。

例え家中の狐と狸が大店を襲いに行っていても、伊助が駆けつけたところで捕り物の手伝いなど出来ない。

いや、前の時も役人や岡っ引きたちでさえ、誰一人盗賊を捕まえることが出来なかったのである。

では今夜も、伊助どころか役人たちでさえ何の役にも立たないのではないか。

それに妙に、すでに狙われそうな大店の名は伝えてあった。

結局、伊助に出来ることなど何一つなく、仕方なく部屋に戻った。

あとは加代の言葉を信じて、今宵はただ布団の中で震えているだけだった。

第四章　姿を現した狐狸妖怪

一

「来たか、お妙、こっちだ！」

妙が駆けつけると、すでに来ていた真之助が大店の脇の路地から入った。

土蔵の扉が開いているのを見回りが見つけて呼子を吹いたが、さらにあちこちからも岡っ引きの報せがあったのだ。

「あ、あたしが知った大店たちじゃないわ」

「ああ、どうやら伊助が連中に騙されたか、あるいはそれを知って別の店を襲ったのだろう」

妙が言うと真之助が答え、二人は垣根を越えて土蔵の前に立った。

すでに中は荒らされ、金子《きんす》は奪われたあとだったようだ。

「家の中は！」

「みな殺されてやす」

呼びかけると、中を探っていた岡っ引きが出てきて答えた。

「ううぬ、とうとう今度は殺しまで……」

真之助が唸った。どうやら、紺も一味に加わっているのではないかと気が気でないに違いない。

と、そこへ二本差しの鈴香まで駆け寄ってきたではないか。

呼子の音を聞き、居ても立ってもいられなくなったのだろう。そして鈴香も、団左が気になるに違いなかった。

「相模屋に行ってきます」

「お、おう、気をつけろ」

妙が言うと、真之助も曖昧《あいまい》に頷いた。

真之助は、今は岡っ引きたちに指図するのに忙しく、それに金が相模屋に運び込まれるという証しはないので、妙に任せるしかないのだろう。

「お妙、私も行くぞ」

鈴香も言い、妙と一緒に走った。二人とも鬼の気を宿しているので夜目は利き、その足は誰より速い。

千両箱を担いだあやかしが姿を消しても、箱ぐらい見えるかと思ったが、そうではなく、やはりまやかしで何もかも人の目から見えなくしているのだろう。

と、頭上で羽ばたく音が聞こえ、屋根から屋根へ飛び移る小さな影が見えた。

「あれは」

「明烏と紅猿でしょう」

鈴香が気づいて言ったが、妙はすぐ分かって答えた。

「そうか、あの娘たちか」

鈴香も納得して走ると、傍らからワンワンと犬の声がした。

するとら彼方から悲鳴が聞こえ、奉公人らしい何人かが千両箱を担いでいる姿を現したではないか。

「ひいい……！」

白い犬が飛び出し、連中に吼《ほ》えかかると、奉公人たちは尻尾を出すわけではないがガシャーンと千両箱を落として逃げ惑った。

もちろん白犬は、伏乃である。

奉公人たちは一瞬姿を現したが、荷を落とすと再び消え、それを伏乃が追いかけ、明烏と紅猿も追った。

すかさず妙が呼子を鳴らすと、近くにいた下っ引きたちが駆け寄ってきた。

「落ちている千両箱と金を番屋へ！」

「へい！」

妙が指図すると下っ引きたちは答え、目を丸くして道の上の千両箱と、月光を浴びて黄金色に輝く、散らばった小判を見下ろした。

妙と鈴香はそのまま相模屋へと走ったが、三人娘の活躍により、あちこちで悲鳴が上がり、あやかしは奪った金を落として消え去っているようだ。

やがて相模屋へ着くと、戸はひっそりと閉ざされ灯りは洩れていない。

妙は構わず玄関の戸を叩いた。

「夜分に済みません。妙です！」

応《いら》えはないので、中で音も立てず取り込んでいるのだろうか。

「寝たふりか。正に狸寝入りだな」

鈴香は言い、待ちきれぬように庭に入り込み、土蔵の方へと回っていった。

するとと妙が何度か叩いているうち、ようやく玄関の戸が開けられた。

「何事でございますか……」

寝巻姿で出てきた藤兵衛が、眠そうに目を擦《こす》りながら言った。

「あちこちで押し込みがありました」

「ああ、そういえば呼子が……、うちはなんともございませんので……」

藤兵衛が億劫《おっくう》そうに言う。

すると、何事かと光や紺、他の奉公人たちも起きてきて顔を覗かせ、後ろの方には伊助の姿もあった。

「みな揃っていますか。中をあらためたいのですが」

「そ、それは困ります。なんの嫌疑もないのに踏み込まれるのは迷惑です」

「しかし……」

「私は町奉行様とも知己《ちき》を得ておりますので、お調べならお奉行の書き付けを持って来て下さいませ」

藤兵衛は言うと奉公人たちを振り返った。

「さあ、寝るんだ。明日も早い」

言うと皆も頷いて奥へと去ってゆき、藤兵衛が無愛想にピシャリと戸を閉めてしまった。

仕方なく妙は脇の路地から庭へと回り込んだ。垣根越しに見ると、鈴香も土蔵の前に立ち尽くしている。

「お妙、誰かが土蔵に出入りしていた様子はないな。隠居所の方も静かだ」

「そうですか……」

妙が鈴香に答えると、そっと勝手口から伊助が出てきた。

「伊助さん、中の様子はどうなのですか」

「はい、最初の呼子を聞いて起きたとき、家の中には誰一人おりませんでした。それが、また寝てしばらくしたらお妙さんの声で起きました。ついでに見回ったら、いつの間にか、みな揃っていて……。隠居所の方は全く分かりませんが……」

「団左はいるか」

鈴香に訊かれ、

「大鼾が聞こえたので、覗いたら確かに寝ております」

伊助は恐そうに鈴香を見て答えた。

「左様か……、仕方ない、引き上げるしかないのか」

鈴香が言い、垣根を越えて路地に出て来た。

「伊助さん、また来ます」

「ええ、よろしくお願いします」

妙が言うと、伊助は辞儀をして中に戻っていった。

いったんは誰もいなくなったのだから、そのときに押し込みへと出向き、順々に戻ったということだろうか。

まだ戻っていない連中がいたにしても、奉公人一人が何人にも化けるという、まやかしを使っているのかも知れない。そればかりは、鬼の力を持ってしても見抜けなかった。

仕方なく妙と鈴香は、路地を抜けて表通りへと出た。

そこへ、黒装束の三人娘が駆け寄ってきた。

伏乃が前に出て言った。

「吼えて驚かしたら、一瞬姿を現すのですが、荷を捨てるとまた消えて、散りぢりになったので追いきれませんでした。相模屋へ逃げ込んだかどうかも、はっきり分かりません」

「そう。お疲れ様。でも、いくらかでも金が戻ったのは助かるわ。どうも有難う」

妙は三人を労って言った。

やはり紅猿と伏乃が追っても、空から明烏が見下ろしても、姿を消して逃げ惑う連中を見失ってしまったようだ。

「じゃ、今日のところは引き上げましょう」

妙が言うと三人は頷き、それぞれ姿を消していった。

「実に、あの三人娘はすごいものだな。それでも追いきれぬとは、奴らも相当に強《したた》かだ。では私も帰る」

鈴香が言い、そのまま道場の方へと去っていった。

妙が番屋へ向かうと、押し込みに遭って殺された遺骸を戸板に乗せ、岡っ引きたちが運んでいるところだった。

中が取り込んでいるので妙が外で待っていると、間もなく真之助も戻ってきた。

「麻生様」

「おお、相模屋の方はどうだった」

声を掛けると真之助が答え、妙は番屋の中ではなく、外で話すことにした。やはりあやかしのことだから、他の役人や岡っ引きに聞かれたくはない。

「限りなく怪しいです。伊助の話では、いったんは誰もいなくなったようですから」

「そうか。でも今はいたのだな」

「はい、いちおう中をあらためたいと言ったら、お奉行の書き付けを持って来いと言われました。本当に奉行と知り合いなのでしょうか」

「ああ、大店は、何かと奉行に付け届けをしているからな」

言うと真之助が苦々しく答えた。

それは明らかに賄賂《わいろ》なのだが、市中を守ってくれるお礼と、その資金という名目があり、大店の間では通例となっている。

「此度の押し込みは」

「三軒だ。お前の書き付けにはなかった大店で、主夫婦や奉公人など合わせ全部で十五人が殺められた。刺し傷ではなく、みな恐ろしげな形相で事切れていたから、恐ろしさに心の臓が止まり、魂を奪われたかのようだ」

真之助が言う。

それは河原での三人目、お光らしき骸と同じような状態らしい。

「だが、あちこちに金がばらまかれていたのはお前の仕業か」

「素破の三人娘の手柄です」

「そうか、半分近くは戻ったようだ。もっとも、どの店も皆殺しだから商売の再建に役立つかどうか」

真之助が悲痛な面持ちで言い、その間も多くの遺骸や、掻き集めた金が番屋へ運ばれていった。

それでも真之助は、中で莨を吹かしたいように苛《いら》ついているので、

「では、あたしはこれで帰りますね。また明日」

妙は言い、辞儀をしてたつやへと戻っていったのだった。

二

「化け狐といって思い出すのが、管狐《くだぎつね》ですね」

翌日の昼、いつものように妙がおにぎりを持ち、報告と相談に裏長屋を訪ねると、小太郎の蘊蓄がはじまった。

「くだぎつね、ですか？」

「ああ、普段は管とか筒の中に入って、たまに抜け出て人を惑わせ、犬神とも同一視され、七十五匹の眷属《けんぞく》を持つと言われてます」

小太郎は、おにぎりを頬張りながら言う。もちろん妙も、竹筒の茶を入れながらお相伴している。

妙にとっては二人きりの楽しい一時なのだが、どうにも小難しい話になるのが残念

である。

しかし、それが意外に捕り物の参考になるのだった。

「七十五匹なら、八百八狸より少ないですね」

「いや、実際に八百八匹いるわけではなく、ものの数が多い例えです。八百八町とか八百八橋《やばし》とか」

「そうですか。八は縁起が良いからですかね。富士山とか末広がりとか」

「本来、八は縁起の良くない数です。二つにするという意味で、八に刀で、分かれるという字になるし、古い捌（八）の字も手偏に別れると書く」

「わかれる……、そうだったんですか」

知らなかった妙は、納得して頷いた。

「話を戻すと、狸の親玉を刑部狸《ぎょうぶだぬき》といい、別名、隠神《いぬがみ》刑部といいます」

「じゃ、どちらも……」

「そう、此度は狸と狐、それぞれの親玉、両方の犬神が手を組んだということなのでしょう」

小太郎が言い、おにぎりを食べ終えて茶をすすった。

本来、狸も狐も犬の仲間で、伏乃にしてみれば遠い親戚とでも戦うようなものなのだろうか。

「とにかく、三人の身元知れずの仏のときと違い、多くの人死にが出ているので、町の人たちも恐がり、このまま手をこまねいていては、お上を責め立ててくることでしょう」

「ええ、私も奉行所から検死の役をもらっているので、捕り物に手を貸します。これ以上の仏《ほとけ》を出さないためにも」

「お願い致します」

妙も言って昼餉を終えた。残念だが、そろそろ二人で出なければならない頃合いである。

二人で茶を飲み干すと、妙は空になった竹筒に蓋をして腰から下げた。

「そうそう、そんな竹筒に、管狐は身を潜めているといいます」

「普段は、これぐらいの大きさなのですか……」

小太郎に言われて妙は、蓋を合わせて一尺（約三十センチ）足らずの竹筒を見て言った。

そして立ち上がり、妙は小太郎と一緒に裏長屋を出た。今日は井戸端に、おかみさんたちはいなかった。

表通りで、小太郎は神田明神へ、妙は番屋へと分かれたのだった。

番屋へと向かう妙は、途中で団左の姿を見かけた。団左は肩で風を切って歩き、その後ろには五人ばかりの浪人が従っている。

「おお、お妙さん、見回りご苦労様」

団左が気づき、声を掛けてきた。

妙も、完全に団左に気を許しているわけではないが、愛嬌のある顔に思わず笑みを含んで近づいた。

「こんにちは、この人たちは？」

妙が団左に訊くと、浪人者たちはジロリと暗い目を向けてきた。

みな尾羽《おは》打ち枯らした様子で痩せ、目つきも顔色も悪いが、それなりの手練れのようである。

「ああ、藤兵衛の旦那に頼まれ、用心棒を集めてきたんでさあ。押し込みが物騒なので、このうち二人は播磨屋に雇ってもらおうと思ってる」

「そう……」

当の下手人が用心棒を雇うというのも妙な話だが、世間を欺くには良いのかも知れない。それでなくても昨今、職を求める食い詰め浪人たちが市中に多くはびこっているのだった。

「まあ用心棒といったところで、五人がかりでもお妙さんには敵わねえだろうがね」

団左が苦笑して言うのを、浪人たちが聞きとがめた。

「団左、戯《たわむ》れを申すな。たかが小娘ではないか」

先頭の青白い顔の男が団左に言う。

団左は武士ではないから呼び捨てにしているが、雇ってくれる主筋なので、それなりの敬意は払っているようだ。

そして実際、戦えば団左の方が強いと分かっているようで浪人たちは最初から貫禄負けしているのである。

「へへえ、やってみるかい。このお妙さんは、俺より強い鈴香先生より、さらに上をゆくお人だ」

「ふん、面白い。軽く峰打ちといくか」

浪人がスラリと大刀を抜いて構えた。三十前後の貧乏浪人だが、血の気だけは多いらしい。

往来だが、今はあまり人通りもなかった。

峰打ちと言ったが、最初から刃を返して構えるわけではない。斬る寸前に刃を返して峰で叩くので、相手が斬られたと思って昏倒《こんとう》するのである。

だが、あえて最初から峰打ちと言ったのは、妙を安心させるためではなく、路上で人を斬れば大変なことになるだろうし、また雇い主の前で余裕のあるところを見せたかったのだろう。

団左が余計なことを言うから引っ込みがつかなくなり、仕方なく妙も懐中から十手を出して右手に構えた。

「む、岡っ引きか……、十手術を使うなら手加減は無用だな」

気づいた浪人が言うと、妙はその構えを見て鈴香の足元にも及ばぬことが分かってつい笑みを浮かべた。

「娘、何が可笑《おか》しい」

「峰打ちでなくて結構ですよ。刃も峰も私には掠りもしませんので」

「なに！」

浪人は逆上して言い、激しい勢いで斬りかかってきた。もちろん峰打ちではなく、無礼打ちということにするらしい。

妙は十手の鉤《かぎ》でガキッと難なく刀身を受け止めると、左手で男の肩を摑んで引き、同時に素速く足を払っていた。

「うわ……！」

男は呻き、風車のように何回転も宙を舞いながら地に叩きつけられていた。しかもパキンと折れた刀身が飛んで、男の顔のそばに突き立ったのである。

見ていた残りの四人は青ざめ、呆然と立ちすくんだ。

「お次は？」

妙が鬼の形相で四人を睨んで言うと、

「い、いや、俺は女と戦う術は持たぬ……」

一人が声を震わせて言い、他の者も下を向いた。どうやら、団左以上の貫禄を感じたように震え上がっていた。

「あははは、なまくらだな。大旦那に良い刀を買ってもらえ」

団左が哄笑《こうしょう》し、

「お見事でした。ではまた。行くぞ！」

妙に辞儀をして言いながら連中を促した。

四人は伸びている男を両側から抱え上げ、折れた刀身と刀も鞘に戻し、引きずるようにしながら団左についていった。

十手を懐中に戻しながら団左たちを見送り、妙は番屋へと行った。

中では真之助が莨を吹かしている。

すでに押し込みに遭って殺された多くの遺骸は運び出され、荼毘に伏されたようだった。

妙が今のことを報告すると、

「なに、相模屋が用心棒を雇っただと？」

太い眉を段違いにして言った。

「ええ、相模屋に三人、播磨屋に二人のようです」

「押し込みの下手人のくせに用心棒か」

「下手人という疑いを持たれないためと、あるいは、どんどん増やして、最後には押し込みの罪を連中に着せる気なのかも」

「ふうん、それはあるかも知れんな。だが、大店とはいえ、そんなに雇う間数《まかず》があるだろうか」

真之助は言いながら火鉢に灰を落とし、新たな莨を煙管に詰めた。

「もしかして、狐狸の奉公人たちは穴とかで暮らしているのでは」

妙は、ふと思い付いて言った。

狐が竹筒に入れるほど姿を変えられるのだから、あやかしなら人と同じ部屋など要らないだろう。

伊助が、夜中に急に店から誰もいなくなった、というのも、それで頷ける。

「なるほど、床下か。狸なら穴を掘るのも得意ではないか」

「入れ代わりに殺された奉公人たちも、そこへひとまとめに埋められているか、裏の河原まで抜け穴が掘られているかも」

相模屋の裏手は、土手を下りればすぐ河原である。

「ああ、それで三人の仏も運びやすかったのかも知れん。押し込みの出入りにも人目につかぬしな」

莨に火を点けた真之助が頷き、紫煙をくゆらせて言う。

「何も知らない播磨屋は、相模屋から言われれば素直に浪人を雇うでしょうね。やはり押し込みは恐いでしょうから」

「だが、いずれ播磨屋も順々に入れ替えられるのかも知れん。それで、浪人者たちはあやかしではないのだな？」

周囲に人はいないが、真之助が声を潜めて訊いてきた。

「ええ、皆ただの人でした。一人、私に斬りかかってきたので叩きのめしてしまいましたが」

「お、お前なあ、往来でやりすぎるなよ……」

真之助は呆れて言い、ポンと灰を落とした。

「では、とにかく相模屋の探りを続ける。播磨屋にも注意してな」

「はい、では行ってきます」

妙が答えると、真之助はフッと煙管に残った煙を吐き出し、莨入れに仕舞いながら一緒に立ち上がった。

三

まず妙は、播磨屋に顔を出してみた。

「これは、お妙さん、ようこそ。どうぞ中へ」

すぐに主人の重吉が出てきて、人の良さそうな笑みを浮かべて妙に言った。

もちろんまだ人で、あやかしではない。

「いえ、縁側の方で」

妙が外に回り、庭に入っていくと、開け放たれた障子の奥で、さっき見た二人の浪人者が肴《さかな》を摘み、酒を飲んでいた。

が、妙の顔を見ると驚き、決まり悪そうに顔を背けた。

庭は広く、土蔵に石灯籠《いしどうろう》に池もあり、相模屋と同程度の大店である。

松吉の骨があるという、筵の掛けられた空井戸《から》も見えた。

「どうぞ、お座りになって下さいませ」

重吉が中から出てきて言い、縁側に座布団を置いてくれた。

「用心棒ですか」

妙は腰を下ろし、チラと浪人者たちを見て言った。

「ええ、物騒ですので、相模屋さんの方から紹介されて、たった今雇い入れたところなのですよ」

「そうですか。中には破落戸まがいの食い詰め浪人もいますからね、何か無理難題を言われたら、すぐ私に報せて下さい」

妙が言うと、ビクリと二人の男が反応し、こちらに顔を向けた。

「わ、我らは破落戸ではない。命を賭けて押し込みと戦う所存である！」

「そう、ならば庭で稽古でもしたらどうです。もし今夜押し込みがあれば、酔っていて太刀打ち出来ませんでしょう」

「わ、分かった。この銚子で終わりにする……」

二人は素直に言い、肴を掻っ込み、余りの酒を飲み干した。

妙の貫禄と、怒らずに従う男たちの反応に、重吉が目を丸くしていた。

そして二人は庭に下りてきて手足を動かし、刀を抜いて素振りをはじめた。

「稽古のお相手をしましょうか」

「そ、それには及ばぬ」

二人が尻込みして言うので苦笑し、妙は重吉に向き直った。

「では、日に何度か顔を出しますので、何かありましたらお報せを」

「承知致しました。ご苦労様でございます」

言って腰を上げると、重吉が答え、妙の袂に金を入れようとするので断り、辞儀をして庭を出て行った。

その足で、妙は相模屋へと出向いていった。

やがて相模屋が見えてきたが、店を訪ねる前に土手を下りて河原に行き、妙は洞穴《ほらあな》でもないかと見て回った。

すると思った通り、草木に隠された穴があるではないか。

狐狸だけが出入りするなら小さな穴だろうが、やはり人の骸を出し入れしていたのだから充分に妙が入れるほどの穴である。

妙は十手を抜いて右手に持ち、やや屈《かが》みながら中に入っていった。

むろん灯りなどなくても、隅々までよく見える。

（よく僅かの間に、これだけの穴を……）

妙は周囲を見回して感心した。しっかり掘られて、崩れてくるような心配もなさそうである。

やがて広い場所に出ると、そこは立って歩けるほど天井も高くなっていた。

脇には、土を盛ったところがあり、そこに身代わりにされた奉公人たちの骸が埋められているようだ。

さらに進むと、酒徳利や器、皿や箸などが散らばり、燭台もあって下には筵が敷かれていた。

どうやら、ここで狐狸たちが寝起きしたり、宴会しているのだろう。隅には厠らしき場所まであり蓋がされていた。

もちろん今は全員が店で働いているので、ここには誰もいない。

いちばん奥には階段があったので、ここまで歩いてきた距離からして、どうやら相模屋の床下に通じているようだ。

と、そのとき上から物音がしたので見上げると、小さな灯りがこちらに下りてくるではないか。

すわ狐火かと、妙は咄嗟に身を隠そうとしたが、その息遣いからして、それは人のようである。

「え？　伊助さん？」

「うわ、びっくりした……！」

妙が確信して声を掛けると、ちょうど降り立った伊助が言って腰を抜かしそうになり、それでも蠟燭は落とさなかった。

「妙です」

「ど、どうしてここに……」

伊助は筵にへたり込んで言い、それでも火を燭台に移した。

「河原の土手に洞穴があったので入ってきました。どうも相模屋へ通じているようなので。それより、伊助さんこそどうして」

「床下の穴が、ここに通じていることを聞いたのです」

伊助が、本当に妙かと目を凝らしながら声を震わせる。

「誰から」

「お嬢様です」

「それは、狐の方の？」

「そうです。人殺しも押し込みも嫌だから、どうか狐の親玉である松吉を殺してくれと頼まれ、あとで私と一緒になりたいと。その証しに、この穴の秘密を打ち明けてくれました」

伊助が、ようやく落ち着いたように呼吸を整えて言う。

妙は、複雑な顔つきをしたが、暗いので伊助からは見えないだろう。

（ここにもまた、誑かされた者が……）

妙は小さく嘆息しながら思ったが、今は少しでも多くのことを伊助から聞いておかねばならない。

「では、お加代さんは松吉を裏切ると？」

「ええ、あやかしでも、人と平穏に暮らしたいと」

「でも、狐だけではないでしょう。狸の親玉の藤兵衛が」

「それも、狸の方で手は打ってあると」

伊助が言う。

妙も、それは団左のことではないかと察した。団左もまた、鈴香と一緒になるため親玉を裏切るというのだろう。

どこまでが本当なのか、それは近々分かることであるが。

「とにかく、元凶である旦那様と若旦那様さえ始末すれば、残りはお嬢様に従うということなので」

「それで伊助さんは、松吉を殺す決心を？」

「ええ、相手は人ではないし、私は人だから若旦那様も油断するだろうと」

「そう……」

妙は答え、またすぐ顔を上げて訊いた。

「それで藤兵衛や松吉の動きはどうなのです」

「今日、用心棒として浪人者が来ました。まだ増やすようです」

伊助が答える。

「それは押し込みの手伝いをさせるというより、身代わりの下手人にするためではないかと思うけど」

「私も、そんな気がするのです」

伊助が重々しく頷いた。

「そう。そろそろ戻った方が良いのでは。あやかしだらけでは見張られるでしょう」

「はい、でもお嬢様は、私がお妙さんと通じることは許してくれました。今後の大仕事を防ぐためにも、それが良いということで」

「でも、三軒の押し込みでは皆殺しに遭っているのだから、どこまで平穏を望んでいるのか疑います」

「命じているのは、旦那様と若旦那様だけです。おそらく、お嬢様と団左さんだけは従っていません」

伊助は、どうにも加代を信じたいのだろう。

「お紺は？」

「あの人は謎です。押し込みに加わっているのかどうか分からず、いちばん人らしい感じで、普通に働いているだけですので」

伊助が腰を上げて言った。

「そう……。では私は戻りますね。本当にこのような穴があって驚いてます」

「ええ、では、また何かあったら教えて。どうか、くれぐれも気をつけるように。相手は狐族の親玉ですからね」

「はい、ではまた」

伊助がまた蠟燭を持って階段を上がってゆくと、妙は真っ暗闇になった中を引き返し、穴から河原へと出た。

「うわ、びっくりした……！」

ちょうど、そこにいた真之助が声を上げ、さっきの伊助のように腰を抜かしそうになっていた。

「麻生様、やはり相模屋に通じた穴がありました」

「そ、そうか。俺も、お前の言葉が気になって見に来ていたのだ……」

妙が言うと、真之助は息を弾ませて答えた。そして息を整え、気を取り直したように顔を引き締めて訊いてきた。

「それで、中はどうだったのだ」

「案外広いです。奉公人たちの骸を埋めたような土盛りがあり、やはり狐狸が寝起きしているような暮らしの様子も」

「そうか……」

「しかも、伊助が下りてきました」

「なに！」

真之助が眉を険しくさせ、妙も伊助から聞いたことをつぶさに話した。

伊助も真之助も、女狐に誑かされていそうな二人だが、とにかく妙が見聞きしたことは、全て真之助に打ち明けたのだった。

「これは、伊助の働きがものすごく大事になってきたな……」

四

番屋に戻ると、真之助が莨に火を点けながら妙に言う。

「ええ、でも狐の親玉殺しを、ただ伊助に任せきりというわけにも」

妙は二つの湯飲みに茶を淹れながら言った。他の岡っ引きたちは皆、今は出払っていた。

「ああ、それは確かにそうだ。俺たちも、ただ成り行きを待っていれば良いというものではない」

「狐狸たちは、はっきり大江戸を乗っ取ると言っているのだから、金を集めて高飛びするとは考えられません。あくまでも大店に人として居座り、全て浪人たちの仕業にするのでしょう」

「それを防ぐため、俺たちに何が出来る？」

「大仕事の日を知ることですね。団左が鈴香さんに、お加代が伊助に報せると言っていますが、当てにして良いものかどうか」

妙は言い、おそらく真之助も紺から聞く手筈になっているのだろうが、それには触れなかった。

「お前の見立てはどうだ」

「今日は、まだ浪人どもを集めるでしょうし、決行が神無月のうちというのなら明日の晩あたりではないかと」

「そうか、明後日から霜月か。狐狸妖怪も、出雲から帰ってくる神々を恐れているのだな……」

真之助は煙と共に言い、火鉢に灰を落とした。

一日のはじまりは子の刻ではなく、夜明けからである。だから狐狸の連中も、霜月朔日《ついたち》の夜明けまでに事を終える所存ではないかと妙は思ったのだった。

「どんな手筈だと思う」

「狐狸が総出で大店に押し込みをし、もちろん浪人たちも唆《そそのか》し、役人の目を浪人に向けさせるのではないかと。しかし藤兵衛と松吉が力を合わせた妖術というのが、どのようなものか想像もつきません」

妙は重々しく言い、茶を飲み干して腰を上げた。

いったい刑部狸と管狐の妖力はどれほどなのだろう。

団左と加代が本当に裏切って味方になるなら勝算もあるだろうが、謎の紺の存在も見落とせない。

「では、まず百さんに相談に行ってきます」

「ああ……」

妙が言うと、また百さんか、と真之助が眉をひそめて頷いた。

しかし真之助も、あの三人娘の兄貴分である小太郎の知識と力は、決して侮れないと思っていることだろう。

番屋を出た妙は、真っ直ぐ神田明神へと出向き、本殿に頭を下げてから境内の奥へと行った。

もう日が傾き、見世物の人たちも片付けを終えて引き上げはじめていた。

「おお、お妙さん、ちょうど終わった。一緒に飯でもいかがですか」

すぐ小太郎が気づき、妙に言った。今日の仕事を終えた三人娘も、妙の周りに駆け寄ってきた。

「ええ、是非」

妙も笑顔で答え、五人で境内の外にある飯屋に入った。

誰も酒は頼まず、干物に煮込みに飯だけである。

「その後の、相模屋の様子はどうですか」

小太郎が飯を食べながら訊いてきたので、妙も食事しながら、用心棒たちのことや地下の通路のことなど全てを話した。もちろん食べながらでも、そんな話題を嫌がる者はいない。

さらに妙は、真之助や鈴香ばかりでなく、伊助までが加代に誑かされているのではないかと相談した。

「そう。好き同士で相対死にまでしようとした相手だから、なおさら信じたいのでしょうね」

小太郎が言う。

「大丈夫でしょうか……」

「前にも言ったように、全てが嘘とは言いきれないのでは」

「ええ、本当が混じっていると良いのですが。それより、狐狸の妖力というのはどんなものなのでしょう」

妙は気になっていたことを訊いた。三人娘も旺盛な食欲を見せながら、じっと話に耳を傾けていた。

「まやかしで人の目を眩ます。惑わされなければ、それぞれは獣だから大したことはないが、何しろ実際の数より多く見せられます」

分身の術というものだろうか。

「獣とはいえ、人の姿をしている以上刃物は使えますよね」

「使うし、団左のような怪力の持ち主もいます」

「用心棒で雇われたのに、浪人たちは押し込みに手を貸すのでしょうか」

「それはもちろん、連中の心根を操ることなど狐狸には造作もないことです。ただ、やはり手強いのは藤兵衛と松吉の二人だけでしょうね」

「ええ、それは間違いないと思います。果たして伊助に、松吉を刺すことが出来るでしょうか」

「お加代の手助け次第でしょうね。ただ伊助は、後を追えなかったことを悔やんでいるようだから、相当必死になるでしょう。死んで構わぬ心構えがあれば、人でも、必ずしも無理ではない」

小太郎が言い、皆が手早く全て食事を終えると、主人が空膳を下げ、茶を淹れてくれた。

「もちろん伊助だけに任せるわけにゆきませんが」

「ええ、この三人にも相模屋を見張らせますし、私も出向きます。お妙さんの見立て通り、動きは明日の夜ということでしょう」

「お願い致します。とにかく連中が動きはじめる直前、どの大店も無事なように片付けられれば一番良いと思います」

「あと心配なのは、麻生様と鈴香さんですね。伊助の方は、すでにお加代を殺めているので、自分も死んで構わないと覚悟しているでしょうが、やはり麻生様と鈴香さんには無事でいてもらわないと」

小太郎は、すでに伊助のことは見捨てているような様子である。確かに、人を殺めた者は、それなりの業《ごう》を背負うということなのだろう。

「ええ、そうなのです。麻生様は仕事だから必ず出向くし、鈴香さんも家でじっとしてなどいられず、きっと来るでしょう」

妙が言い、財布を取り出そうとすると小太郎は制し、さっさと五人分を支払ってしまった。

「済みません。ご馳走になります」

「いや、いつも昼餉を頂いているので」

言われて妙は辞儀をし、やがて皆で席を立った。

「では、今宵は大丈夫でしょうか」

「まず、何も起こらないでしょうね。恐らく狐狸は集めた浪人たちに飲み食いさせ、心根を操る術をかけることでしょう」

「はい、もちろん見張りは怠りませんが」

「ええ、三人娘も常におりますので」

小太郎が言うと、三人娘はニッと妙に笑みを向けた。なんとも心強い、申酉狗の化身たちである。

店を出ると、日が落ちて暮れ六つの鐘の音が聞こえてきた。

藍色の夕闇が迫り、冷たい風が神田の町を吹き抜けていた。

一同はそこで別れ、三人娘は自分たちの塒へ、小太郎は裏長屋に帰り、妙は番屋に顔を出した。

しかし真之助はいないので、そのまま妙は湯屋に寄って身体を流してから、たつやへと戻っていった。

「お帰り、お疲れさん」

母親の圭が笑顔で出迎え、もう店は閉めていたが父親の辰吉が、奥で軽く一杯やっていた。

「おう、お妙、ちょっと付き合え」

辰吉に言われ、妙も座って盃を出した。

何しろ聞き込みばかりで、妙はいつも外にいるので、夜に親子三人が顔を揃えるのは久々のことなのだ。

だから妙も気を遣い、朝餉だけは毎朝三人揃うようにしている。

妙は夕餉を済ませてきたので、軽く摘まむだけで酒の相手をした。

「お前も頑張ってるなあ。その後、押し込みの方はどうだ」

「ええ、明日の夜に動きがあるんじゃないかと麻生様が」

あまり捕り物のことは話せないのだが、辰吉も元は十手持ちだから、妙も少しだけ話した。

「そうかい、麻生様がついてりゃ安心だ」

「どうか、危ないことだけはしないでおくれ」

二親に言われ、妙は心配かけぬよう笑顔で頷くだけだった。

やがて圭が、洗い物を終えて戸締まりをした。

辰吉も、きりの良いところで銚子を空にし、火を消して親子三人で二階へと上がっていったのだった。

五

（こんなに用心棒を集めて、どうするんだ……）

伊助は、座敷の片隅で酒を舐めながら思った。

祝言に使ったブチ抜きの座敷に、大勢の浪人者たちが連なり、料理を摘み大酒を食らっている。

最初は三人だけかと思っていたが、さらに夕刻までに十数人ばかりが掻き集められたのだ。

武士とはいえ浪人たちは酒が入ると節度を失い、次第に馬鹿騒ぎになってきた。

それでも藤兵衛も紺も笑みを浮かべて連中の相手をし、光や女中たちがどんどん酒と料理を運んでくる。

松吉と加代は、夕餉を済ませて隠居所へ引っ込んだようだ。

浪人たちの中には、末席にいる伊助に酒を無理強いしてくる者もいたが、隣に座っている団左が制してくれた。

「ああ、こいつは酒は弱いんだからな、飲ませるなら俺に注いでくれい」

団左が言い、伊助はかなり助けられていた。

最初は団左を無頼漢と思っていたが、伊助のような弱い者には優しいところがあり、伊助もだいぶ心を許しはじめていた。

しかし中には、団左の不遜《ふそん》な物言いに腹を立てる浪人もいた。

「おい、町人ずれ！　あまり無礼な口をきくと刀の錆《さび》にしてくれるぞ」

脅すためスラリと大刀を抜き放ったが、

「おお、斬ってもらいやしょうかい」

団左が胡座《あぐら》をかいたまま答えると、あまりにものすごい眼光に、浪人者も怯んで刀を納めた。

「い、いや、失礼した。つい良い酒に酔いすぎたようだ。許せ」

浪人はしどろもどろに言い、藤兵衛も苦笑して見ているだけだった。

しかし次第に酩酊《めいてい》していく浪人たちを見ていると、酔いだけではなく、何やらあやかしに操られはじめているような気がした。

藤兵衛は何も言わないが、無言のうちに連中を洗脳しているのではないか。

やはり用心棒ではなく、押し込みのための傀儡《かいらい》にしようというのだろう。

騒いでいたのもほんの一時で、徐々に連中は静かになり、

「さあさあ、まだ夜は長い。ゆっくりやって下さいまし」

藤兵衛の言葉にも素直に頷くようになっていた。

やがて伊助は、もう酒も料理も充分になったので、居住まいを正して藤兵衛に頭を下げた。

「では、私はお先に下がらせて頂きます」

「おお、ご苦労さんだったね」

言うと、藤兵衛も笑顔で返してくれ、伊助は団左にも頭を下げて立ち上がった。

座敷を出ると、伊助は廊下を進んで自室に向かった。

団左のおかげで深酒することもなく頭もすっきりして、足取りが乱れるようなことはない。

伊助は部屋に入って寝巻に着替えた。だいぶ静かになったので、これならゆっくり眠れそうである。

それでもほろ酔いで頬が火照っていたので、そっと障子を開けて庭を見た。

すると月が出て、松の枝に烏が止まっているのが見え、裏木戸や塀の陰にも、それぞれ、ものの気配が感じられた。

正に、もののけではないかと思った。

狐狸妖怪がいるのだから、他のもののけがいても不思議はないが、本当にここは人の多い江戸なのだろうかと伊助は首を傾《かし》げてしまった。

と、バサバサッと羽音をさせて烏が飛び立つと、他の二箇所の気配も物陰から消え去った。

伊助は、ほっと息をついて肩の力を抜いた。

そして障子を閉めようとすると、間もなく隠居所の方から、微《かす》かな足音が聞こえてきたのである。

見ると、寝巻姿に下駄を突っかけた加代ではないか。

「お、お嬢様……」

「伊助」

声を掛けると、加代は障子の前まで小走りにやってきた。

「わ、若旦那様は」

「眠ったわ。それよりも明日の夜、亥《い》の刻（午後十時頃）に、一斉に押し込みに出向くわ」

「え……」

伊助は絶句し、ビクリと身じろいだ。

「お前は、前に教えた洞窟で松吉を待って。匕首を忘れずに、あたしも一緒に行くから心配しないで」

「わ、分かりました……」

さらに加代は、明日の手筈をざっと話してくれた。霜月間近で今夜は寒く、加代の震える息が白い。

どうやら浪人者たちが表から外へ繰り出し、狐狸たちは洞窟から河原へ出て、それから市中を襲うらしい。つまり浪人集団が囮《おとり》なのだろうが、すっかり連中も言いなりになりそうだ。

「一斉にということは、旦那様も？」

「もちろん指揮に出るわ。でも藤兵衛は、団左が殺《や》ることになっている」

「だ、団左さんも……」

「そう、味方よ。とにかく藤兵衛と松吉だけ始末して、浪人者たちは役人に捕まるといいわ」

「お光さんとお紺さんは……」

「あの二人は、松吉さえ死ねばあたしの言いなりだから心配要らない」

「は、はい……」

伊助は、武士ではないが武者震いして答えた。

「じゃ、細かな手筈は明日の晩にもう一度」

加代は言い、踵を返すと足早に隠居所へと戻っていった。

やはり松吉は寝たとはいえ油断がならず、加代もあまり長く離れていられないのだろう。

その後ろ姿を見送り、伊助は加代の微かに甘い残り香を感じてから、静かに障子を閉めて寝床に横になった。

藤兵衛と松吉、加代と団左の思惑が交差しているが、どちらも浪人者たちに今までの押し込みの罪を着せるということでは一致しているらしい。

そして伊助は、あの逞しく豪快な団左なら、難なく藤兵衛を倒せるのではないかと頼もしく思った。

あとは、自分があの狡猾で残酷そうな松吉を刺せるかということだけである。

匕首は、いつでも出して使えるよう準備してある。

松吉を仕留めれば、加代との平穏な暮らしが待っていて、もし失敗して殺されれば本物の加代のいるあの世へ行くだけだ。

（どっちでもいい。頑張るだけだ）

伊助は気を引き締めて思った。しかも松吉を始末すれば、江戸の人たちが助かるという名分もある。

明日のため、今夜はぐっすり眠っておかなければならない。

目を閉じようとすると、障子が外からトントンと叩かれた。

「うわ……!」

伊助は驚いて飛び起き、恐る恐る障子を細く開いた。

すると、黒装束の可憐な娘が顔を覗かせているではないか。

「だ、誰だ……」

「あたしは、お妙姐さんの子分で紅猿」

「べ、べにざる……」

言われて、妙の名が出たので伊助は少し気を取り直した。

「明日の晩は、お妙姐さんも河原の穴の前で見張ってる。私たちもついているので、心置きなく働きを」

「な、なぜ明日の晩のことを……」

「さっきのお加代さんの話を聞いていた」

「そ、そうか、それもお妙さんの言いつけだったんだな」

「そう、ただ最後まで、狐の言うことには心を許さないように」

「しかし、お嬢様は真剣に私に相談を……」

「あれは、あんたが好いたお加代さんじゃないでしょう。おんなじ見かけに騙されたら駄目。あんたを今まで生かしておいたのも、松吉を消すために利用しようとしているんだから」

「だ、だけど……」

「邪念《じやねん》を捨てて、死んだお加代さんだけを思って動いて」

紅猿はそう言うと頷き、障子の前から離れていった。

外を覗くと、紅猿は松の幹を蹴って軽々と跳躍《ちようやく》し、そのまま垣根を跳び越えて姿を消した。

すると、その上をバサバサと烏が追い、もう一つの潜んでいた気配も遠ざかっていったのだった。

「………」

伊助は嘆息し、やがて障子を閉めて横になった。

あの妙も只者ではないと思っていたが、まさかあんな不思議な子飼いの者を使っているとは驚きである。

とにかく伊助は眠ろうとした。

興奮で眠れないかとも思ったが、わずかな酒のせいでいつしか伊助は深い睡りに落ちることが出来たのだった……。


——翌日は、神無月の晦日《みそか》である。

明け六つ（夜明け）に起きた伊助は、着替えて布団を畳んだ。

普段は万年床であるが、今宵死ぬかも知れないので、伊助は自分の決意を確かめながら、きちんとしようと努めているのである。

もちろん伊助の決意は鈍《にぶ》らず、頭はすっきりとして、あまり飲まなかったので全く酒は残っていない。

裏の井戸端で顔を洗い、藤兵衛に挨拶してから厨《くりや》の隅で朝餉を頂く。

光や紺も他の女中たちと普通に働き、驚いたことに十数人の浪人者たちまで布団を干したり掃除の手伝いをしているではないか。

やはり昨夜のうちに、すっかり言いなりにされ、操られているのだろう。

大鼾が聞こえているので団左だけはまだ寝ているようだし、松吉と加代もまだ隠居所からは出ていないようだ。

婿養子だが、松吉は一度も肩身の狭そうな様子を見せたことはなく、気ままに店を手伝い、藤兵衛もそれを容認しているようだった。

やがて順々に朝餉を済ませていると、ようやく松吉と加代も母屋へ来た。

日が昇り、今日も薄ら寒いが良く晴れていた。

伊助は店を開ける準備をし、戸を開けて前の通りを掃除した。

全く、いつもの通りの朝であった。

やがて店を開けると、すぐにも待ちかねたように娘たちの客が入ってきて、もちろん目当てである松吉も、こざっぱりした着物で店に出てくると、にこやかに接客をはじめた。

松吉のせいで、本来の看板娘の加代は影が薄くなってしまったようである。

やはり娘客が多いので、小町娘の加代より役者のような松吉に人気が出るのは仕方がないのだろう。

娘たちは紅白粉や役者絵などを買うよりも、少しでも長く松吉と話していたいらしく、松吉も如才なく相手をしていた。

相変わらず狸の置物も並んでいるが、大店たちはみな買ってしまったから、ここ最近はあまり売れなくなってきていた。

番頭の仕事は光に取られた形なので、伊助は店内を回り、自分から仕事を見つけて働いた。

今宵何が起ころうと、伊助がこの店に長く世話になったのは確かなのである。

そして、あまりに何事もない朝の風景なのであるが、伊助にはそれが、嵐の前の静けさのように、不気味に思えるのだった。

第五章　それぞれの愛と執着

一

「今宵、亥の刻に、一斉に押し込みに出向くようです」

紺が俯きながら、莨を吹かしている真之助に囁いた。

いつかの茶店の縁台である。

朝、真之助が見回っていると、やはり買い物帰りらしい紺が、ちょうど通りかかったので一緒に休んでいるのだ。

今日は薄曇りで、冷たい風が江戸の町を吹き抜けている。

「なにっ……！」

真之助は、眉を険しくして聞き返した。

それまで、たわいない話を楽しげに交わしていたのだが、話が途切れたとき紺が不意に言ったのだ。

「江戸を乗っ取るための、最後の大仕事です。でも、あたしは嫌です」

紺が悲痛な面持ちで言う。

「そうか、今日は神無月の晦日か……」

真之助は、煙管を嚙み締めながら呻くように言った。

「それにしても、狐狸妖怪でも出雲から神様たちが帰ってくるのが恐いのか」

「いいえ、神様なんて何も出来やしません。怖がっているのではなく、単なる縁起担ぎで、昔からの言い伝えに従っているだけなんです」

紺が笑みを含んで答えた。

「そうか……。では押し込みは、浪人者と狐狸たちと、二手に分かれるのか。浪人たちは表から、あやかしは、洞窟から出るのではないか」

「ど、どうしてそれを……、ウ……！」

言いかけ、急に紺が口を押さえて呻き、咳き込みそうになって息を詰めた。

「どうした。ああ、煙か、済まぬ」

真之助は莨の煙に気づき、ポンと灰を落とした。

どうやら紺は煙が苦手らしいが、前の時は風向きが良くて煙が紺の方へ流れなかったのだろう。

真之助は思わず紺の背中を擦《さす》ってやろうと思ったが何となく恥ずかしくて気が引け、そのまま煙管と莨入れを懐中にしまった。

ふと、真之助は紺の帯に竹筒が下がっているのを見つけた。

「これは?」

「ああ、長旅の頃からの癖で、常にお水を持ち歩いているのです。喉が弱いものですから……」

「そうか、もうお紺の前で莨は嗜《の》まぬ。大丈夫か」

「ええ、もう大丈夫ですので。でも、どうぞ、お気になさらずに」

紺は言い、ようやく呼吸を整えて顔を上げた。

「でも、どうして洞窟のことまで……」

「ああ、俺とお妙がいれば大抵のことは調べがつく」

訊かれて、真之助は答えた。

本当は、妙と三人娘、その後ろにいる小太郎の仕事だろうから真之助は後ろめたい気持ちが湧いた。

「あの、お妙は好きになれません。気味が悪いです」

また紺が、下を向いて小さく言う。

妖狐《ようこ》に気味悪がられては、妙も形無しだと真之助は心の中で苦笑した。

「ああ、確かにお妙は、時に人ならぬ力を出すからな。だが、私の大事な片腕で、しかも幼い頃から知っている妹のようなものだ」

「それから、あの女武芸者も」

「鈴香さんも強い。江戸にはあんな女たちがいて驚いただろう」

真之助は言い、もう一服したいのを我慢して茶をすすった。

「それで、どの大店を襲うのだ。やはり、狸の置物を買った店か」

「そこまでご存じでしたか。ええ、それともう一軒」

紺が顔を上げて言う。潤みがちな切れ長の眼差し、その眸《ひとみ》に、真之助の影が映って揺らめいた。

「どこだ」

「播磨屋です……」

「なに、松吉の実家ではないか」

真之助は眉を険しくして紺を見つめた。

さすがに、世間話の時はじっと見るのが面映《おもは》ゆいが、捕り物のことになれば睨むように見ることが出来る。

「だからこそ、松吉や相模屋には万に一つも疑いはかからないでしょう。それに播磨屋には用心棒が二人住み込んでいるので、それが手引きするはずです」

紺が悲痛な面持ちで言う。

「そうか……。本当の松吉は死んでいるので、実の親というわけではないから簡単に狙えるのだな。なんと松吉は、冷たく狡猾な……」

「皆殺しにして、播磨屋の身代も相模屋のものにする気でしょう」

「それで、お紺はどうする気だ」

真之助は、胸を詰まらせながら訊いた。

「あたしは仲間と一緒に行くふりをしながら、なんとか、どこかへ身を潜めることにします……」

「ああ、それが良い。お紺には、押し込みや人殺しなどに手を染めて欲しくない。奴らは我々がなんとかするので、全て一網打尽にしたら姿を現してくれ」

真之助は、祈るような気持ちで言った。

「あい、でも連中は相当に強かですよ」

「当方も、人ならぬ者が混じっているからな、段取りさえ誤らなければ充分に勝算はある」

真之助は答えながら、目まぐるしく今宵の手筈に思いを馳せた。

普通の人である役人や岡っ引きたちは、陽動《ようどう》である十数人の浪人者たちの捕縛に専念すれば良いだろう。

そして狐狸の子分たちは、恐らく素破の三人娘。

百瀬小太郎も出てくるかも知れないが、真之助はあまり奴にしゃしゃり出て欲しくなかった。

別に手柄を奪われる恐れというわけではなく、妙がやけに親しくし、また小太郎の謎めいたところがどうにも気に入らないのである。

藤兵衛や松吉などの大物は、鈴香や妙が当たることになろうが、真之助自身も、女二人に任せるつもりはなかった。

まして鈴香は前回の捕り物で、大怪我をしているのである。なんとか命は取り留めたが、役人でもない者に手伝わせて死なれでもしたら、結城道場にも世間にも顔向け出来なくなるだろう。

そして相模屋の唯一の、あやかしでない人、伊助も守ってやらねばならない。

「藤兵衛や松吉は、どんな妖術を使うんだろう」

「全ては、まやかしです」

真之助が訊くと、紺が答えた。

「どんな恐ろしげな姿に見えても、実体は獣に過ぎませんので」

「なるほど、惑わされなければ良いのだな。だが、見たこともないあやかしに化けられたら、平常心でいるのも相当に難儀だが……」

真之助は言いながらも、もどかしい思いに唇を噛んだ。何しろ自分には、妙や鈴香のような神秘の力がないのである。

「狐狸は、反目し合いながらも此度は手を組んでいます。要は獣同士、相通じるものがあるからです。そこに、人のくせに鬼の力を宿しているような者がいれば、むしろ狐狸は奮起して最大限に妖力が増すことでしょう」

「では、どうすれば良いのだ」

「お妙と鈴香の力を封じれば、自然に狐狸も油断して力を弱めます」

「あの二人に来るなと言うのか」

「それよりも、眠っていてくれるのが一番です」

紺は言いながら、懐中から二つの小さな紙包みを取り出した。

「これは？」

「狐狸の使う眠り薬です。今宵の出陣前の、お妙と鈴香の水杯《みずさかずき》にでも混ぜれば眠り、覚めたときには全てが解決していることでしょう。元より亥の刻は、女子供など眠っている刻限ですから」

紺は言い、二つの包みを真之助の袂に入れた。

今どき捕り物の前に、もう会えないかも知れない覚悟の水杯や、景気づけの酒など飲む習慣などない。

それとも紺の国許では、そうしているのだろうか。

しかし番屋でも、出立《しゅったつ》前の打ち合わせに茶ぐらい飲むことはある。

「し、しかし……」

「女たちを、危ない場所に行かせるのは良くないと思います」

「確かに、女などを頼りにしてはいかんな……」

真之助は言い、いつしか紺から漂う甘ったるい匂いにぼうっとなり、薬の包みを突き返すことはしなかった。

「では、あたしはそろそろ行かないと」

紺が立ち上がって言った。

「ああ、よく報せてくれた」

「生きていたら、お部屋へ伺いますね」

「あ、ああ……」

「こんなに人を好きになったのは初めてです。どうか、真之助様もご無事で」

紺は、初めて真之助の姓ではなく名の方を言い、微かに頬を染めてから羞《は》じらいに顔を背けると、足早に相模屋の方へ行ってしまった。

それをうっとりと見送り、紺の後ろ姿が見えなくなると、急に気づいた真之助は慌てて周囲を見回した。

また、妙が見ているような気がしたのである。

しかし、周りには誰もおらず、真之助はほっとしながら、もう一度スパスパと莨を吹かしてから、今日は忘れずに二人分の茶代を払った。

そして大刀を腰に帯びて立ち上がり、まずは番屋へと戻ることにした。

一抹の躊躇《ためら》いはあるし、実際に妙や鈴香の飲み物に薬を入れるかどうかは、そのときになってみないと分からないと真之助は思った。

(困ったお人だ……。落着のあとは、また女嫌いが増すことに……)

しっかり見聞きしていた妙は、物陰で嘆息しながら真之助の後ろ姿を見送った。

二

「な、なんてえ女だ……、いててて……」

結城道場の床に、ゴロゴロと転がった用心棒の浪人たちが、顔をしかめて口々に呻いていた。

「あははは、どうだ。鈴香先生の強さには舌を巻いたろう」

見ていた団左が上機嫌で言い、連中を叩きのめした鈴香は息一つ切らさずに袋竹刀を下ろした。

今日は浪人者たちが団左に引き連れられ、道場で鈴香に稽古をつけてもらったのである。

鈴香が全員でかかってこいと命じると、

「舐めるな！」

怒鳴りながら一斉に打ちかかる連中の猛然たる攻撃を、鈴香はヒラリヒラリと躱しては得物を叩きつけ、足を払っては転がし、ときに腰を捻って投げつけて、たちまち十数人の全員を床に倒したのだった。

「え、江戸は強い女ばかりなのか……」

前に、路上で妙に叩きのめされた浪人が言った。

やがて、ようやく全員が身を起こすと、互いに支え合いながら、そろそろと立ち上がった。

「さあ、良い稽古になっただろう。皆、それぞれ相模屋と播磨屋へ引き上げろ」

団左が言うと、連中は得物を戻して大小を帯び、息を切らしながらゾロゾロと道場を出ていった。

「まあ、あれで今宵の役には立つまい。普通の役人や岡っ引きで、難なく捕縛出来るだろうさ」

「ああ、元より大したことない連中だった」

団左が言うと、鈴香も答え、鉢巻きを外して袋竹刀を壁に掛けた。

今日は稽古着ではなく、いつもの着物に袴の男装だ。

鈴香は、妙に会うため出かけようとしたとき団左が連中を連れて来たので、構わず相手をしてやったのである。

むろん鈴香も、狐狸妖怪たちが今宵の亥の刻に押し込みを決行することを、団左から聞いていた。

「いよいよですなあ。明日の夜明けには全てが片付いて、俺は晴れて鈴香先生と一緒になれるってえ算段だ」

「まだ決めたわけではない」

「それそれ、その恐い顔に惚れちまったんだ。相模屋に未練はねえので、俺は武士に化けてここへ養子に入ってもいい」

「正に、取らぬ狸の皮算用《かわざんよう》だな」

「あははは、言うねえ。鬼も十八、番茶も出花ってのは知ってるが」

「それはお妙だ。私はもう二十歳である。お前はいくつなのだ」

「さあて、何百年生きてきたか、すっかり忘れちまった古狸だが、なあに、鈴香先生の寿命が尽きる頃には、狸寝入りで一緒に死んだふりをしますんで」

団左が言うと、鈴香は大刀を帯びて道場を出た。中で話していると、今にも団左が抱きついてきそうだった。

鈴香が外に出ると、団左も慌てて戸締まりをしてついてきた。

今日も道場主の新右衛門は、後妻の雪とどこかへ出かけている。

「お前、本当に藤兵衛を仕留められるのか」

大股で歩きながら、鈴香が訊いた。

「おお、藤兵衛は、もっさりしているようだが何たって親玉の刑部狸だ。簡単にはいかねえだろうが、俺には油断している」

「お前の夢は良いのか。八百八狸が、大江戸八百八町を乗っ取るという」

「それは俺じゃなく藤兵衛の夢だ。俺は、もう鈴香先生に首ったけだからな、今さら出会う前には戻れねえ」

「そうか……」

「なあ、鈴香先生だって、俺のことを死ぬほど嫌いじゃないだろう?」

「ああ、確かに死ぬほど嫌いではない」

「それでいいさ。とにかく、今宵の俺を見てくれれば全て分かってもらえる。不実なことがあれば、狸汁にしてくれて構わねえ」

「美味そうではないがな」

「あはは、鈴香先生の腹に収まればずっと一緒で幸せだ。ねえ、また道場へ戻って、少しだけ……」

「妙な声を出すな。神聖な道場で何をしようというのだ」

握ろうとする団左の大きな手をピシャリと叩き、鈴香は妙がいるであろう番屋へと向かった。

すると途中で、刺し子の稽古着姿に野袴の三人娘と行き合ったのだ。

「鈴香先生！」

三人は言い、笑顔で駆け寄ってくる。どうやら今日は、神田明神の境内での見世物はお休みのようだ。

「ひい……！」

と、団左が息を吞んで立ちすくんだ。

「お、俺は相模屋へ戻りますんで。では」

そう言い、団左は巨体を揺すって一目散に走り去ってしまった。

「ああ、狸は犬が苦手だから」

紅猿が言い、伏乃を見た。

隠神刑部も管狐も、どちらも元は犬の仲間なのに、どうやら本物の犬は本当に苦手としているようだ。

「どうやら、伏乃の活躍が期待できそうだな」

鈴香は言い、三人娘と一緒に歩いた。

「小太郎殿は？」

「長屋で刀の手入れをしています」

　鈴香が訊くと、明烏が答えた。

「確か、名刀鬼斬丸《おにきりまる》か」

　遠い空から飛来してきた隕石《いんせき》、その隕鉄《いんてつ》で作ったという神秘の刀である。それは鬼相手ばかりでなく、狐狸妖怪にも効くようだ。

「三人はどう思う。あの団左が、本気で私に惚れていると思うか？」

　鈴香が三人を見回して訊くと、みな顔を見合わせて小首を傾げていた。

「さあ、どうかしら……」

「鈴香先生が本気で好きになれば、本気で応えると思います」

「今宵、どちらに勝ち目があるかで決まるかも」

　三人は口々に言った。

「なるほど、どちらにしろ捕り物が先だな」

　鈴香は答え、番屋へ向かっていると、途中で当の妙が歩いてきたのだ。

「おお、お妙か、どこへ行く」

「ええ、百さんのところへ……」

　鈴香が言うと、包みを抱えた妙がぎこちない笑みを浮かべて答えた。

「そうか、では我らも一緒に行こう。皆で今宵の軍議だ」

鈴香が言うと、本当は小太郎と二人きりで話したかった妙も仕方なく頷いた。そんな様子を、三人娘が顔を見合わせ、鈴香の気の利かなさに噴き出しそうになっていた。

やがて五人が連れ立って裏長屋を訪ねると、やはり小太郎は三和土《たたき》に屈み込み、砥石で鬼斬丸を研いでいた。

「やあ、賑やかですね。適当に座って下さい」

小太郎が顔を上げ、笑顔で言うと、妙と鈴香は上がり框に腰掛け、三人娘は上がり込んで万年床に並んで座った。

やがて研ぎ終わると、小太郎は刀身を水で漱《すす》ぎ、良く拭いてから拵《こしら》えに組み立てていった。

「ちと拝見」

鈴香が言い、受け取った鬼斬丸をしげしげと眺めた。

青白い刀身は、一尺五寸（約四十五センチ）ばかり。刀身の長さが二尺未満だから刀ではなく脇差である。

刃紋は直刃《すぐは》、拵えは黒色蠟塗《ろうぬ》りの鞘に、柄巻《つかま》きも下げ緒《さお》も黒、鍔《つば》は小振りで、目抜きには仏具の金剛杵《こんごうしょ》が象《かたど》られている。

「すごい、吸い込まれそうだ……」

鈴香は、息がかからぬよう刀身を静かに鞘に納めてから言い、恭《うやうや》しく鬼斬丸を小太郎に返した。

受け取った小太郎は、積まれた本の上へ無造作に鬼斬丸を置いた。

そして作業を終えた小太郎も腰を下ろしたので、

「あの、これを……」

妙は、持ってきた昼餉の包みを差し出した。

「ああ、一緒に頂こう」

小太郎は包みを開けて言ったが、いつものようにおにぎりが四つだけ、どう見ても二人分である。

すると、それを見た鈴香が腰を浮かせた。

「昼時だったか。これは済まぬ」

気を利かせて退散するかと思いきや、三人娘を振り返って金を渡し、

「これで、急いで我らの分まで買ってきてくれぬか」

「あはははは！」

鈴香が言うと、とうとう堪らず三人娘が笑い転げてしまった。

三
「伊助、心構えは大丈夫かい」

　昼餉のあと、伊助の部屋に加代が来て囁いた。

　松吉は店に出て娘客たちの相手をし、藤兵衛と光も帳場にいる。紺は皆に遅れて、厨で昼餉を取っていた。

　相変わらず団左は部屋でゴロゴロし、用心棒の浪人たちは殊勝に庭で素振りをしたり、刀の手入れに余念がなかった。

「ええ……、大丈夫です……」

　伊助は答え、荷の中にしまってある匕首の方にチラと目を遣った。

「あたしたちは夜目が利くけど、お前は無理だろうから、穴の中には灯りを点けておくからね」

「はい……」

「全て、明日には何もかも済んでいるからね」

「分かりました。お指図通りに働きますので」

伊助が答えると、加代は頷いて店の方へ出て行った。

(どうなるんだろう……)

それを見送り、伊助はここのところ何度も思った言葉を心の中で呟いた。

明日、自分を含めてどれだけが生き残るのだろうか。

加代が生き残り、藤兵衛と松吉が死ねば、平穏な店の暮らしとなり、自分も番頭の仕事に戻れるかも知れないし、いずれは加代が言っていたように婿として入れるかも知れない。

それにしても、自分などに、あの妖《あや》しく冷たい狐族の親玉である松吉が仕留められるのだろうか。

いや、自分だけでは無理にしても、加代の助けがあれば何とかなるかも知れない。

それに、妙だっていざとなったら来てくれるに違いない。きっと妙は、誰より頼りになることだろう。

と、そこへ目を覚ましたらしい団左が部屋を出て裏で顔を洗ってから、伊助の部屋を覗き込んだ。

「おう、番頭、夕刻までゆっくり休んでいるといいぜ」

「ええ……」

「狸族は俺に任せろ。狐族は、お前の働きにかかってるからな」

団左は、何もかも段取りを承知しているように言った。

「狐の弱みとは何でしょうか」

伊助は、思いきって訊いてみた。

「そりゃあ獣だからな、狸も狐も同じだ。犬が嫌いで、火と煙と熱い湯とか。もっとも人の形を取っているときは、それほど人と変わりはねえが……」

「そうですか」

「管狐は、体が伸びるから気をつけろよ」

団左はそう言い、また浪人たちの屯する方へと戻ってしまった。

一人になった伊助は身震いした。

（お、恐ろしい……）

体が伸びるとか、異形《いぎょう》のものを目《ま》の当たりにしたら、果たして自分の体が動いてくれるかどうか、あるいは身がすくんでしまうのではないだろうか。

やがて伊助は気もそぞろのまま、夕刻まで何かと用を見つけては店の仕事をして過ごしていたのだった。

そして、誰にとっても長い一日が終わり、暮れ六つの鐘が鳴って日が落ちた。

店を閉めると、相模屋の一同は順々に湯屋へ行ったり夕餉を済ませ、それぞれの部屋へと戻っていった。

押し込みの刻限がくるまでは、いつものように一同は過ごし、夜になれば寝るという立て前になっているらしい。

伊助は寝巻に着替えることもせず、用意していた匕首を懐中に、布団に座ってじっと時を待っていた。

加代と松吉も隠居所に入り、多くの浪人たちもじっと息を潜めているように静まりかえっていた……。

――同じその頃、番屋には役人と岡っ引きたちが顔を揃えていた。

妙も、いったんたつやに帰って二親たちと夕餉を済ませ、しばらくしてから番屋へと来ていた。

番屋には、もちろん鈴香も顔を出していた。

誰もが鈴香の腕前は承知しているので、役人でない者が混じっていても、誰も疑問に思っていなかった。

やがて真之助が立ち上がり、皆を見回すと私語が止んだ。

「いいか、捕り方は四手に分かれる。狸の置物を買った大店の三軒と、そして播磨屋だ。播磨屋には、すでに浪人が二人入り込んでいる。それぞれ物陰に待機し、奴らが大店へ押し込む前に浪人どもを捕縛しろ」

真之助が言い、采配を揮った。

捕り方たちは、みな襷《たすき》に鉢巻きをし、棒やサスマタを手に、捕縄《とりなわ》を腰に下げて力強く頷いていた。

下っ引きが茶を淹れ、皆に配っていた。まだまだ亥の刻には間があるので、綿密な打ち合わせが出来る。

一同は四組に分かれ、それぞれの段取りを決めていた。

真之助は、運ばれてきた茶を前に、そっと袂を探った。

「あれ……?」

「お探し物は、これですか」

真之助が、袂の中に目当ての物がなくて戸惑っているので、隣に座っていた妙が言って、手のひらを見せた。

そこには小さな紙包みが二つ載っている。

「お、お妙……、どうしてそれを……」

「隙を見て掏《す》り取っちゃいました。これは眠り薬なんかじゃなく、トリカブトの猛毒ですよ」

「なに……」

妙が囁くと、真之助は驚いて目を見開いた。

周囲の者たちは打ち合わせに余念がなく、二人の様子は誰も見ていないので不審に思われることはなかった。

「お、俺は決して、茶に入れようなどという気はない。元より、お妙も鈴香さんも捕り物にはなくてはならぬ二人だ」

「ええ、分かってます。袂にあるかどうか確かめただけでしょう」

「ああ、そうだが、なぜ気づいた……」

「昼間から、ずっと袂を気にしていれば分かります。とにかく、これは私が預かっておきますね」

妙は言い、二つの紙包みを自分の袂に入れた。

「す、済まぬ……」

「謝ることはないです。使わなかったのですから」

「それにしても毒とは……。やはり、俺は誑かされているのか……」

真之助が、悲痛な面持ちで言う。

「相模屋へ乗り込めば、全て分かることでしょう」

妙も、間もなく分かることだし、可哀想なので、真之助を責めるようなことは言わなかった。

「大変なことになるところだったが……、ううぬ、あの女狐め……」

真之助は呻くように言い、スパスパと莨を吹かした。

どうやら、徐々に目が覚めてきたようで、まして捕り物の直前だから真之助も万全を期すよう努めているのだった。

「深刻そうだが、何かあったのか」

鈴香が、妙の隣に移動してきて言った。やはり鈴香だけは、二人の様子を見ていたのだろう。

「いえ、何でもないです。それより、私たちも打ち合わせましょう」

「ああ、そうだな」

鈴香が頷き、妙は真之助と三人で段取りを話し合った。

この三人を除く他の連中は、全て浪人たちから大店を守り、捕縛することに専念してもらう。

子分の狐狸たちは、小太郎と三人娘に任せることになっていた。

鈴香は、浪人たちが相模屋を出払ったあとから中に潜入し、団左と組んで藤兵衛に対し、妙と真之助は、河原の穴から地下へと潜り込み、そこで松吉と対峙することになるだろう。

果たして団左は信用して良いのかどうか、そして何があろうとも、鈴香が油断なく咄嗟の判断が出来るかどうか、それが一抹の不安であった。

そして紺や光、加代がどう出るかも予測がつかない。もちろん美しい姿に惑わされず、伊助も守らなければならなかった。

やがて戌《いぬ》の刻（午後八時頃）、五つの鐘が鳴った。

「よし、そろそろいいだろう。出立だ。少しずつに分かれて、それぞれ四軒の大店の周辺に潜め」

真之助が言うと、捕り方と岡っ引きたちは、少人数に分かれて徐々に番屋を出て行った。

順々に出払っていくと、番屋には三人が残った。

真之助は火鉢に灰を落として莨入れを懐中にしまうと、立ち上がって大刀を腰に帯びた。

「では、我らも出向くとするか。鈴香さんも、よろしく」

「承知、久々で腕が鳴る」

真之助が言うと、鈴香も頬を引き締めて答えた。

半年ぶりの白刃《しらは》による死闘だが、鈴香は、相手は狐狸妖怪なので遠慮は要らないと思っている様子である。

三人で番屋を出ると、風は冷たいが空は晴れ、中天《ちゅうてん》には月が浮かんでいた。

すでに江戸の人々は眠りに就いたように静まりかえり、聞こえるのは風の音だけだった。

やがて相模屋が見えてきた。

灯りは洩れておらず、寝静まったようにひっそりしているが、ただならぬ瘴気のようなものが漂っていた。

三人は河原へと続く土手に潜んで姿勢を低くし、まずは相模屋の様子を窺った。

待機している間に五つ半（午後九時頃）を回り、ようやく相模屋に動きが見えはじめた。

まずは路地から黒い影が出てきて、大通りの左右を窺っていた。

目を凝らすと、それは黒手拭いでほっかむりをした浪人たちである。

もちろん表の玄関からではなく、勝手口から出て、脇の路地を抜けて大通りに出てきたのだ。

ゾロゾロと出てきたのは十数人。やはり相模屋に雇われた浪人たちの全てらしい。

狐狸たちの囮にされているとも知らず、操られている連中は、それぞれ小走りに進み、次の辻で三方へと分かれていった。

途中でまた分かれ、目当てである四軒の大店に行き当たるのだろう。

浪人どもが出払うと、間もなく河原の穴から、今度は小柄な奉公人たちがゾロゾロと出てきては、土手を上って町中へと入っていった。

そして狐狸の奉公人たちは行列しながら、なんと途中で次々と姿形を変えていったのである。

それは大入道《おおにゆうどう》や唐傘《からかさ》お化け、牛車《ぎゆうしや》に乗った異形の僧やロクロ首、一つ目小僧や髑《ど》髏《ろ》など、正に百鬼夜行《ひやつきやこう》の妖怪姿になって、鳴り物もなく、わらわらと行列していくではないか。

神々のいない最後の夜、狐狸たちは景気づけにはしゃぎ、自分の技をひけらかすように化けて妖しい行進をはじめていった。

「こ、これは魂消《たまげ》た……」

だろう。

真之助が息を呑んで言う。これが目の前に現れたら、とても平常心ではいられない

とにかく、用心棒と奉公人たちが出払った。あとは中に残った大物たちが、様子を見ながら出てくるのだろう。

「じゃ、行きましょう。鈴香さんは相模屋の中へ、私は穴から地下へ、麻生様は外でしばらく様子を見て下さいませ」

妙が言うとみな頷き、勢いよく立ち上がった。

「では、また無事で会おう」

鈴香は言い、鯉口《こいぐち》を切りながら相模屋の方へ走っていった。

妙も真之助と共に河原を進み、妙だけ穴の中へ入っていったのだった。

四

「来るぞ……」

播磨屋を守っていた岡っ引きが言うなり、一同が目を凝らすと彼方から数人の足音が聞こえてきた。

　すると同時に、播磨屋の中からも、こっそり二人の人影が庭に出て来て、裏木戸を開けたようだ。

　すでに中に二人いるので、播磨屋へ来た浪人は三人だけだった。

　残りは、他の三軒の大店へと分散したのだろう。

　とにかく播磨屋の曲者《くせもの》は五人、捕り方はその倍は待機している。

「よし、かかれ！」

　声と共に、捕り方と岡っ引きたちは一斉に行動を開始した。

　今にも裏木戸から入ろうとしていた三人を捕り方たちが取り囲み、塀から庭に入った岡っ引きも中の二人に向かう。

「御用！」

「な、何だ、貴様ら……」

　不意を食らった浪人たちが、立ちすくんで声を震わせる。

「押し込みの下手人として捕縛する！」

「わ、我らは仲間に会いに来ただけだ」

「なぜほっかむりをしている」

「む……！」

これまでと思ったか、浪人たちはスラリと大刀を抜いて斬りかかってきた。

そこへ捕り方の棒が叩きつけられ、サスマタで転がされた連中に捕縄が巻き付いていった。

「我らは何もしていないぞ……」

「これからするところだったのだろう」

問答の間にも三人は縛り上げられ、庭の二人も抵抗する隙もなくたちまち雁字搦《がんじがら》めにされていった。

確かに、まだ何もしていないが、これで前の押し込みの全ての罪を負って死罪になることだろう。

する前だろうと、したあとだろうと、罪は罪である。

いかに尾羽打ち枯らした浪人でも、悪事を謀《はか》っただけで断罪される、武士とはそうしたものだ。

あちこちで呼子が聞こえるので、それぞれ待機していた大店でも速《すみ》やかに捕り物が行われているようだった。

この騒ぎに、播磨屋も何事かと起きてきたが、用心棒の二人まで縛り上げられているので、重吉は目を丸くしていた。

「こ、この二人が押し込みの手引きを……」

捕り方から説明を受けた重吉が驚いて言い、家人も金も無事だったことに、ほっと胸を撫で下ろしていた。

やがて五人の浪人者たちがお縄にされると、番屋へ連行する捕り方の他は、別の大店の捕り物に力を貸すため走って合流していった。

かくして四軒の大店を襲おうとしていた浪人たちは、難なく全員が捕縛されたのである。

いっぽう狐狸の奉公人たちの化けた百鬼夜行は、さらに別の大店へと向かっていたが、そこへワンワンと白犬が激しく吠えて襲いかかった。

「ひいい……！」

連中は悲鳴を上げ、徐々に百鬼夜行の幻が薄れてゆき、小柄な奉公人たちの姿に戻っていった。

中には、狐狸の姿になって逃げ惑う者もいる。

それを烏が舞って、白犬に加えて赤毛の猿も現れ、やがて人の姿に戻った明烏、伏乃、紅猿が連中を取り囲んでいった。

そして小太郎が登場した。

着流しの帯には、鬼斬丸の脇差が帯びられている。

「お、お助けを……」

逃げられないと知ると、狐狸の奉公人たちは膝を突いて懇願した。

「我らは捕り方ではないから捕縛はせぬ。だが逃げれば容赦せぬぞ。斬られたくなくば穴蔵へ戻れ」

小太郎が凛として言うと、連中も身を震わせながら従った。何より皆、伏乃を恐れているようだ。

身がすくむと、もう異形のものに姿を変えることも叶わず、みな唯々諾々《いいだくだく》と従い、ゾロゾロと相模屋の方へと戻っていった。

それを三人娘が取り囲んで進み、一番後ろから小太郎が油断なく見張りながら追い立てていった……。


――そして、それより少し前のこと、伊助は懐中に匕首を呑んだまま、自分の部屋でガタガタ震えながら隙間から様子を見ていた。

とにかく一同が動きはじめたのである。

まずは浪人者たちが黒手拭いでほっかむりをし、勝手口から次々に出ていった。

裏木戸から出て路地を抜け、表通りに向かったのだろう。

続いて奉公人たちが奥の部屋に集まり、床下に掘られた階段を下りていった。

地下への出入りに、その部屋の畳は常に外されていたのだ。

奉公人が全て洞窟へ潜《もぐ》っていくと、藤兵衛と団左も出る仕度をして、別の部屋では光と紺も準備しているようだった。

松吉と加代はまだ隠居所にいるが、先に加代だけそっと母屋に来て、伊助の部屋を覗いた。

「じゃ、伊助も洞窟へ行って、物陰に隠れていておくれ。あとから私と松吉が行くから、良いときに合図する。そうしたらひと思いに松吉を」

「わ、分かりました……」

伊助は震えながら頷いた。

「じゃ、あたしは行くからね、頼んだよ」

加代は言い、念を押すように頷きかけると、すぐ立ち去っていった。やはり、あまり長く松吉のそばを離れるわけにいかないのだろう。

伊助も覚悟して深呼吸をし、部屋を出ると奥の座敷に入った。もう行ったのか、幸い光や紺に見つかることもなかった。

開いたままの床下に降り、伊助は階段を下りて地下の穴に潜り込んでいった。

広間には夥《おびただ》しい蠟燭が点けられて明るく、すでに奉公人たちは全て抜け出して誰もいないが生温かく、獣じみた匂いが立ち籠めている。

筵が敷き詰められているだけで、酒徳利や食器などは脇に片付けられていた。

伊助は、隅に丸めて立てかけられた筵の陰に身を潜めると、匕首の鞘を払って柄を両手で握りしめた。

とうとう、この匕首を使うときが来てしまったのだ。

伊助は息を潜め、心の中に生前の加代を思い浮かべた。

（お嬢様、私を恨んで構いませんので、今宵だけは、その恨みを松吉に向けて下さいませ……）

そう念じながら、必死に階段の方を窺っていた。

すると足音が聞こえてきた。

足音は二人分、どうやら松吉と加代らしい。

「いいか、手筈通り、大店を襲った子分たちと合流する。此度は派手に火も点けて回るからな、江戸中が大騒ぎになるぞ」

含み笑いをした松吉の声がし、加代も頷いているようだ。

やがて二人が姿を現し、広間に降り立った。

目の吊り上がった松吉が着流しのまま進み、加代も普段の着物で従っている。

外へ出れば、変幻自在に姿を変えられるのだろうか。

「む、人の匂い……？」

ふと松吉が足を止めて言い、周囲を窺いはじめた。

「あの、お妙が入り込んだようですので、その残り香では」

加代が取り繕うように言う。

「いや、男の匂いだ」

「では、お妙の兄貴分の同心も一緒だったのでしょう」

加代は言い、ようやく二人は伊助が潜んでいる近くまで来た。

すると、いきなり加代が松吉を背後から羽交い締めにしたのである。

「今だよ、伊助！」

言われて、伊助も反射的に勢いよく飛び出し、両手に構えた匕首ごと松吉に体当たりしていった。

だが咄嗟に松吉は、加代にしがみつかれたままクルリと背を向けた。

伊助は危うく加代の背を刺しそうになり、慌てて踏みとどまった。

「裏切る気か！」

松吉が言い、そのまま加代を投げ飛ばしたのである。

「あッ……！」

加代が筵の上に倒されて声を上げた。

「同じ形を取るうち、元の加代の思いが移ったか。いいだろう、二人ともここで始末してやる」

顔を歪めて憎々しげに言う松吉に、なおも伊助は突きかかっていった。

しかし松吉の脚がスルスルと長く伸び、伊助は手首を蹴られて呆気なく得物を落としてしまった。

さらに伸びた手が伊助の水月《すいげつ》にめり込み、

「むぐ……！」

伊助は呻きながら膝を突き、そのままうつ伏せに倒れてしまった。

松吉は、壁に立てかけてあった鋤《すき》を手にした。

穴掘りのときに使った物だろう。

「や、やめて……！」

加代が言い、庇うように伊助の上に覆いかぶさった。

「愚かな」

松吉は言うなり、真上から二人の体に鋤を振るい、伊助と加代を二人まとめて串刺しにしてしまったのだった……。

五

「おい、団左。そろそろ出向くが、お前ここのところ様子が変だぞ」

藤兵衛が言い、団左も覚悟を決めて向き直った。

藤兵衛は黒い着物姿、団左は腰に長脇差《ながどす》を落とし込んでいる。

「ああ、実は惚れた女が出来ちまってな」

「一緒になれば良かろう。大仕事も今宵で落ち着くからな」

藤兵衛が、突き出た腹を揺すって鷹揚《おうよう》に言う。

「いや、それが娘十手持ちの仲間で、俺らの押し込みを潰そうとしている」

「なに、お妙と祝言の様子を見に来ていた二本差しの女か」

「ああ、結城鈴香という」

「それで、お前はどうするのだ」

「押し込みは下りさせてもらう」

「なんだと」

藤兵衛が険しい顔つきになり、団左に負けぬほどの眼光で睨んだ。

その藤兵衛に、団左が言う。

「あんたは江戸を舐めきってるぜ。お妙という十手持ちも鈴香先生も鬼の気を宿し、さらに申酉狗の家来を持つ桃太郎までいるようだ。とても狐狸が相手をするには、手強すぎるんだよ。すでに浪人も狐狸たちもしくじったことだろう。未だに半鐘の音が聞こえてこねえ」

「む……、じゃ今まで通り、相模屋の主に納まっていろと言うのか。あの松吉だって承知するめえ」

「松吉は、お加代と伊助が始末する手筈だ。恐らくお妙も駆けつけることだろう。松吉が死ねば、狐族はお加代の言いなりだ。さらに鬼娘たちや桃太郎一派まで加わればあんたの命運も尽きる」

「そんなことは納得出来ねえ。そう易々と松吉がやられるもんか。押し込みだって上手くいっているかも知れん。とにかく、俺と一緒に出向くんだ」

藤兵衛が団左を睨みつけて言った。

「それに団左、此度の押し込みは最初から話が外に洩れている。つまり本当の目的はお妙を倒すことだ。あの鬼女《きじょ》さえいなければ、のちの押し込みなど楽々と出来るだろう。もっとも鈴香まで鬼とは思わなかったが」

藤兵衛が言う。

やはり最初から、狐狸たちにとって妙は相当な驚異だったのだろう。

「さあ、とにかく行くんだ、団左！」

「ああ、こうなると思ったぜ。仕方ねえ……」

「どう仕方ねえんだ」

「こうなったら、あんたにゃ眠ってもらうしかねえな。もう、ずいぶん長く生きたんだからいいだろう」

団左は言い、長脇差をスラリと抜き放った。

本来、武士でない者は刀を持てない決まりなのだが、町人でも旅に出るときなどは特別に脇差の携帯が許された。そこで無頼たちは、これは長い脇差と言いくるめ、お目こぼしを得ていたが、実際は刀と同じ刃渡り二尺（約六十センチ）以上の長さである。

「団左、本気で俺とやる気か」

藤兵衛は動じることもなく、無造作に立ったまま言った。

「鈴香先生に習った正式な刀法だ」

「正に、付け焼き刃だな」

藤兵衛が薄笑いで答えると、いきなり団左は青眼に構え、勢いよく真っ向から斬りかかっていった。

しかし藤兵衛はフッと姿を消し、一瞬で別の場所に現れた。

団左も、藤兵衛の妖力は骨の髄まで知っている。

こんな刀一振りで倒せるとも思わないが、それより他に方法がない。

団左の妖力も、これでも相当なものなのだが、元より藤兵衛に敵わないことは分かりきっているのだ。

それならば、藤兵衛が慣れていない刀の方が良いと思った。

団左は横なぎに得物を振るったが、また躱された。

化け狸同士の戦いは音もなく、目にも留まらぬ速さで続き、そろそろ藤兵衛も反撃してくるだろう。

「まだまだ、お前の腕じゃ無理だな」

藤兵衛が歯をむき出して笑った、その時である。

「推参《すいさん》！」

鈴香が抜刀して躍り込んできた。

「おお、百人力だぜ」

団左が喜色《きしょく》を浮かべて言い、藤兵衛も鈴香に気を取られた。

「なるほど、確かに鬼だ……」

藤兵衛が呟くその隙に、団左が激しく斬りかかった。

だが、藤兵衛はその刀を腕で受け止めたのだ。

キン！

と金属音がし、団左の刀は真ん中からへし折られた。

どうやら藤兵衛は、一瞬にして腕を茶釜のような鉄に変えていたのである。

「おのれ！」

鈴香は声を張り上げ、怯まず藤兵衛に突きを繰り出した。

やはり鬼の気に圧倒されたか、藤兵衛は姿を消す余裕もなく、避けるのが精一杯のようだ。

そして鈴香も親玉のあやかしの迫力に圧倒されつつも、死ぬ気で連続の攻撃を繰り返した。

畜生を斬るのは刀の汚《けが》れだが、何しろ江戸の人々を狐狸妖怪から守るためである。

「おう、団左より段違いの強さだ……」

藤兵衛は脂汗《あぶらあせ》を浮かべ、鈴香の放つ鬼の気に怯んだ。

やがて鈴香は、僅かに後退した藤兵衛の股間に足を飛ばして猛烈な蹴り。

これは正式な刀法ではないが、ここは、どんな手を使っても構わぬ戦場である。何しろ妖力が相手なのだ。

「うぐ……！」

爪先が金的にめり込むと藤兵衛は呻いて硬直し、すかさず鈴香は真っ向から顔面に斬りつけていた。

「ぐわッ……！」

股間への攻撃で、頭を鋼鉄化する隙もなく、藤兵衛は顔を真っ二つに割られて絶叫した。

やはり刑部狸の妖力よりも、鈴香の鬼の力が勝ったようである。

藤兵衛は呆気なく畳に崩れるとピクリとも動かなくなり、やがてそれは着物を着た古狸の姿に戻っていった。

いかな強敵でも、勝負がつくときはあっという間である。

「や、やったな、鈴香先生……」

団左が苦しげに言い、鈴香は驚いて振り返った。

見ると団左は畳に仰向けに倒れ、その喉に深々と刃が突き刺さって夥しい血が溢れているではないか。

どうやら折れた刀身が、自分に返ってきたようだった。いや、藤兵衛が攻撃を受けながら、そのように仕向けたのだろう。

「団左……！」

「ああ、もう駄目だ。やっぱり人と一緒になるってのは、簡単にはいかねえもんだなあ……」

「喋るな。医者を呼ぶ」

「無理だって。こんな夜中に来てくれる医者はいねえし、来た頃には姿が変わってるだろう。でも、鈴香先生への思いは本当だったと、俺の心の誠を信じてくれりゃ、それでいいさ」

「あ、ああ、信じる。いずれ生まれ変わったら一緒になろう」

「有難え……」

団左は笑みを浮かべて言うなり、そのままガックリと事切れてしまった。

鈴香は絶叫して揺すったが、見る見る団左の姿は大狸の姿へと変わっていったのだった。

「団左！」

（憎めない男だったが、これが本当の姿か……）

鈴香も肩を落とし、団左の両目を閉じてやり、手を合わせた。

そして刀を拭って鞘に納めると、鈴香は立ち上がり、なおも鯉口を切りながら家の中を探索して回った。

どの部屋にも誰もいない。

いや、一つの部屋の押し入れに気配があったので、鈴香はガラリと開け放った。

「ひい、堪忍……！」

寝巻姿の女が、声を震わせて縮こまっていた。

「お前は、確かお光……、なぜここにいる」

「あ、荒事は嫌いなので、何もかも済むまでここに隠れて……」

光が恐そうに鈴香を見ながら言う。

妖狐とはいえ、鈴香が鬼の気を以てして見ても、全く害意は感じられなかった。

あやかしにも臆病《おくびよう》な者はいるのだろう。

そんな者を鈴香も斬る気はしない。

「そうか、藤兵衛と団左は死んだ。他の者はどこにいる」

「分かりません。でも、きっと床下の穴から外へ出たのでは……」

言われて、鈴香は頷いた。

そして光をそのままに鈴香が部屋を出ようとすると、いきなり光が飛びかかってきたのである。

すでに光の姿は大きな白い狐になり、目を爛々《らんらん》と光らせ、その牙と爪で鈴香に襲いかかったのだ。人の姿になっているときは害意など見せなかったが、今は殺気が全開になっていた。

どうやら光は家に残って、誰か来たら襲う役割だったのだろう。

「む……！」

鈴香は振り返り、素速い抜き打ちで光を両断していた。さすがに藤兵衛ほどの力はなく、光は声もなく血をまき散らして畳に落ちた。

「襲わねば斬らなかったものを……」

鈴香は言い、光の無残な死骸を見下ろしてから部屋を出た。

これで、狸と狐を斬ってしまった。

鈴香は嘆息し、やがて光に教わった奥の座敷に入ると畳が剝がされ、床下に階段が続いていた。

鈴香は決意に息を詰めると、血刀を下げたまま、油断なく階段を下りていったのだった……。

第六章　妖狐と真夜中の戦い

一

「お、遅かったか……！」

妙は十手を握って地下の広間に入り込むと、目の前を見て声を上げた。

筵の上に伊助がうつ伏せに倒れ、その上に加代が覆いかぶさり、その背に鋤の長い柄が突き立っている。鋤の刃は完全に二人を貫き、下の筵から土にまで刺さっているようだ。

そして松吉が目を爛々と光らせて、倒れた二人の前に立っている。

「来たか、お妙。此度は押し込みなどどうでもよく、お前を倒すのが目当てだ」

松吉が目を吊り上げて言い、妙の方にじりじりと迫ってくる。

「その様子では、毒は飲まなかったようだな」

松吉が言うと、妙は袂から包みを取り出し、素速く投げつけた。

毒薬の入った二つの包みは、勢いよく松吉の顔に当たり、パッと粉煙《ふんえん》を立てた。

「あッ……！」

松吉が声を上げて目を押さえると、すかさず妙は駆け寄って十手一閃《いっせん》！

だが、さすがに松吉は避け、そのままスッと姿を消すと、狐火となってスーッと尾を引いて階段を上がって行ってしまった。

追おうとしたが、刺し貫かれた二人が微かに動いたので立ち止まり、妙は二人に屈み込んだ。

「伊助さん、遅れて済みません！」

「い、いいんです、私は最初から、こうしてお嬢様と一緒に死ぬ定めだったのですから……」

呼びかけると、伊助は息も絶え絶えに答えた。すでに顔からは血の気が失せ、どんな手当ても間に合わないことが分かった。

「伊助……」

加代も、切れ切れに口を開いた。

「信じてくれて、有難う……」

加代が言い、そのままガックリと力尽きて事切れた。そして伊助も、そのまま微かな笑みを浮かべながら呼吸を止めたのである。

その顔からは、最初の加代を殺めた罪の意識より、心を通わせた狐の加代と一つになった満足らしきものが窺えた。

あの世で、伊助は二人の加代と出会って戸惑わないのだろうかと、妙は少し心配になってしまった。

すると、見る見る加代の姿が白い狐の姿に変わっていった。

どうやら返り討ちになったが、加代は本心から松吉を殺し、伊助と一緒になりたかったようだ。

狐でも、真実の恋心はあったのだろう。

では、団左の方はどうだったのだろうか。

妙は、女狐と伊助に手を合わせた。

そして落ちていた伊助の匕首を鞘に納め、自分の帯に差すと、立ち上がって階段の方に向かった。

すると、そこへ血刀を下げた鈴香が下りてきたのである。

「鈴香さん！」

「おお！　お妙か。その二人は……」

妙が言うと鈴香が答え、刺し貫かれた狐と伊助の骸を見下ろして絶句した。

「松吉にやられたのか」

「ええ、団左さんの方は？」

「死んだ。藤兵衛と共に」

「そうですか……」

「団左の心根は真実であった。少し胸が痛むが、元より棲む世界が違う」

「ええ……」

妙は、鈴香の言葉に頷いたが、思っていたより元気なので安心した。

おそらく鈴香は、団左と共に藤兵衛と死闘を繰り広げ、僅かでも心を通わせて満足したのだろう。

では、加代も団左も人を誑かしていなかったのだ。

しかし紺だけは違うだろう。何しろ真之助を誑かし、妙と鈴香を亡き者にするため毒を手渡したのである。

妙が思ったそのとき、河原の方の入口からゾロゾロと足音が聞こえてきた。

見ると、三人娘と、夥しい子分の狐狸たち、そして一番最後に、小太郎と真之助も入って来たのである。

「お、お加代様……！」

狐族の子分たちが、加代の骸を見て悲鳴混じりに言って駆け寄った。

「おい、お前たち、隅に穴を掘って二人を埋めてやれ。同じ穴にな」

全てを悟ったように小太郎が言うと、狐族たちは二人を貫いた鋤を引き抜き、それで隅に穴を掘りはじめた。

やがて伊助と加代は、奉公人たちを埋めた土盛りの横に一緒に埋められた。

妙と鈴香は、真之助や小太郎たちに自分の首尾や見聞きしたことを話した。

すでに藤兵衛と団左、光と加代が死んでいる。

小太郎と三人娘も、子分の狐狸たちをここへ連れ立ててきたことを言った。

「では、押し込みは全て防げたのだな」

「ええ、浪人たちはひとまとめに番屋へ送り込んだようです」

真之助が言うと、小太郎が答えた。

「残る大物は、松吉か……」

真之助は、あえて紺の名を出さずに言った。

萁が吸いたそうだったが、穴蔵の中では煙が籠もるだろう。

きっと狐狸たちが苦しがるに違いない。前の押し込みで人殺しをした連中だが、咳き込まれて大騒ぎになってしまうのも困る。

とにかく子分の狐狸たちを隅に、ひとかたまりに座らせた。それを油断なく三人娘が見張る。

狐狸たちは、合わせて八人ばかりだった。

みな逃げようという素振りは見せず、特に狐族は加代を失って意気消沈していた。

やはり冷たく狡猾な松吉より、子分の狐は加代を慕っていたのだろう。

そして狸族たちも、藤兵衛と団左の死を知って項垂れている。

もちろん藤兵衛の敵を討とうにも、目の前にいる鈴香はあまりにも恐ろしいようだった。

「上へ上がって松吉を捕らえますか」

「いや、向こうから下りてきた」

妙が言うと小太郎が答え、一同は階段の方を見た。

すると薄笑いを浮かべた松吉と、俯き加減で悲しげな顔をした紺が下りてきたのだった。

「これは、皆様お揃いで」

松吉が言い、一同を見回した。顔に受けた毒薬は何の影響もなく、涼やかな顔つきのままである。

「お紺、どういうことだ」

真之助が、鯉口を切りながら前に出て言った。

「真之助様、お許しを……」

紺が眉根をひそめて言う。

「俺に、毒を渡したな」

「全て、松吉に言われたことです。お妙と鈴香さえ亡き者にすれば、晴れてあなたと一緒にしてくれると……」

消え入りそうな声で言いながら、紺は涙をこぼした。

「今さら、そんなことが信じられるか！」

「いいや、本当だよ、同心。お紺は心からお前と一緒になりたがっていた」

真之助が言うと、松吉が答えた。

「信じられん……」

「女心も分からんか。だから一生独りもんなんだよ」

松吉の言葉に逆上し、真之助は怒鳴って抜刀した。

「なに！」

「麻生様、駄目……！」

妙が止めたが、松吉の腕が一瞬にして伸び、真之助の鼻柱に拳骨《げんこつ》を見舞っていた。

「ウ……！」

真之助は顔を押さえて呻き、危うく得物を取り落としそうになった。

「くれてやる。そらよ！」

松吉が言い、ドンと紺を突き飛ばした。

「あッ……！」

紺は叫び、ヨロヨロと真之助の方へ倒れ込んでいった。

真之助は鼻血を滲ませながら、反射的に紺を抱き留めた。

その瞬間、紺の全身が白く輝き、口が耳まで裂けた狐顔になり、何本もの尾が扇のように開いたではないか。

「きゅ、九尾《きゆうび》……」

小太郎が呻き、一同は巨大な妖狐に目を見開いた。

着物を着たまま、顔と手足が狐と化し、多くの尾を跳ね上げる姿は異様だった。

同時に、松吉も胴の長い管狐と変化していた。

狐狸たち、特に狐族は震え上がった。恐らく管狐と九尾の狐は、加代などよりずっと格上なのだろう。

「あはははは、あたしたちは元々夫婦なのさ。真之助、僅かでも夢が見られて幸せだったろう」

九尾の狐の紺が言い、

「お、おのれ……！」

最も紺の間近にいた真之助は、唇を嚙み締めながら紺に斬りかかった。

しかし紺はヒラリと避け、その爪を真之助の喉元に迫らせる。

すかさず鈴香が切っ先を突き付けると、紺は真之助から離れて後退した。そこへ三人娘が飛びかかった。

しかし九尾の狐ほどの大妖怪となると、伏乃の犬の力に怯むことはない。

「お妙さん、行くぞ。松吉を！」

小太郎が鬼斬丸を抜いて妙に言うと、一緒に管狐の松吉に向かった。

妙は左手に十手を、右手には伊助の匕首を抜いて握った。

そして妙は、匕首を松吉に投げつけ、踏み込んで十手を振るった。

松吉は難なく匕首を口にくわえて受け止め、十手を避けて跳躍した。

そこへ、すかさず小太郎の鬼斬丸が閃《ひらめ》いた。

「ウ……!」

辛うじて切っ先が胴を掠めると、松吉は呻いて姿を消し、狐火となって紺の帯に下げられた竹筒にスッと入り込んだ。

すると紺は、何本もの尾で燭台を薙ぎ払いながら階段を駆け上がっていったのだ。

それを、妙と鈴香、小太郎が激しく追っていった。

二

「ひ、火を消せ……!」

真之助が声を裏返して怒鳴ると、三人娘や狐狸たちが大童《おおわらわ》になって、筵を焼きはじめた火を消しにかかった。

だが火の回りは意外なほど早く、たちまち洞窟内に煙が立ち籠めると、狐狸たちが激しく咳き込みはじめた。

と、そこへ階段から妙と鈴香、小太郎が急いで引き返してきたのである。

「上にも火をかけられました！」

「なに！」

妙が言うのに真之助が目を剝き、燃えはじめる洞窟内を見回して断を決した。

「仕方ない、一時撤退！」

真之助が怒鳴ると、一同は河原への出口に向かった。

真っ先に三人娘が飛び出て、続いて妙と鈴香、真之助と小太郎も外に出た。

残念ながら狐狸たちは、濛々《もうもう》と立ち籠める煙に燻《いぶ》されながら狂おしく右往左往《うおうさおう》するばかりで、出口への判断もつかずに逃げ遅れたようだ。

元より前の押し込みの殺しに加わった連中だから、これも因果応報《いんが》というものなのだろう。

見ると、相模屋からも煙が上がり、雨戸の隙間からは赤い火が覗き、それが屋根へと移りはじめていた。

押し込みに備えていた捕り方たちも、全ての浪人を番屋へ連れ立ち、もう見回りは残っていなかったか、半鐘が鳴りはじめるまで随分かかった。

一同は土手を上り、相模屋の周辺を隈《くま》無く探ったが、松吉と紺の姿はどこにも見当たらなかったのである。

ようやく火消しが到着し、妙たちも河原の水を汲んでは消火を手伝ったが、とうとう相模屋は焼け落ち、幸い周囲への類焼だけは食い止めたのだった。

店も母屋も隠居所も焼け崩れ、ただ、土蔵だけは焼け残った。

これで、今まで貯め込んだ金は、前の押し込みに遭った大店へと順々に返されることだろう。

「明日の朝、また来ることにしよう」

真之助が言い、折しも子の刻の鐘の音が九つ聞こえてきた。焼け落ちた相模屋からは、まだ煙が立ち上っている。

夜目が利き、鬼の気を持つ妙と鈴香、半分あやかしの小太郎はまだ熱くても中に入れるだろうが、松吉と紺がいるとも思えない。

やはり明日にした方が良いだろう。

やがて一同は解散することにした。三人娘は明神近くの塒へ、小太郎は裏長屋へ、鈴香も結城道場へと帰っていった。

妙と真之助だけは番屋へ寄り、捕らえた浪人たちを確認してから、それぞれ家に帰ったのだった……。

――翌朝、霜月朔日が明け、妙は辰吉や圭と朝餉を囲んでいた。

「相模屋が焼けたってな。お前もいたんだろう？」

「ええ、残念ながら火の回りが早くて、手の付けようがなく……」

妙は言い淀んだ。

何しろ狐狸妖怪を相手にしているなど、とても二親には言えない。

「ああ、お前が無事で良かった」

辰吉が言うと、圭も頷いていた。

「それで、押し込みの連中は捕まえたのだろう？」

「ええ、食い詰め浪人たちは一網打尽に。その埒が相模屋でした」

「なに、相模屋も押し込みの一味だったのか」

「これから詳しく調べるので、まだ誰にも黙っていて。まだ完全に解決したわけではないし」

「あ、ああ。分かった。だがお妙、あんまり思い詰めるなよ」

辰吉が心配そうに言う。それほど落ち込んだ顔をしていたのだろうかと、妙は笑顔を取り繕った。

「ええ、大丈夫。じゃ行ってくるわね」

妙は言い、辰吉から受け継いだ十手を帯に差してたつやを出た。

番屋に顔を出すと、すでに来ていた真之助が、

「おう、まずは相模屋だ」

莨入れを仕舞いながら言い、大刀を帯びて出てきた。確かに妙も、茶など飲んでいる場合ではない。

二人、早足で相模屋へと向かう。

真之助の様子も、それほど落ち込んでいないので妙は安心していた。

まあ鈴香同様、あやかし相手だったから心底から夢中になっていたわけではなく、最初から諦めの心境だったのだろう。

それでも、九尾の狐に豹変した紺の態度に、真之助は相当な驚きと心痛を得たに違いない。

妙は何も言わず、やがて二人で相模屋の焼け跡に着いた。

すでに多くの役人や岡っ引きが到着していて、焼け跡を調べている。

そして母屋に鍵が見当たらないので、仕方なく土蔵の南京錠《なんきんじよう》を叩き壊し、扉を開けて中を調べた。

中には多くの金が積まれ、役人たちは目を見張った。

「おお、これで何とか金だけは残ったか」

「だが、死骸があまりに多い。獣の骨もだいぶあるようだ。多くの動物を飼って、何か商売しようとしていたのか」

役人たちが口々に言い、妙と真之助は瓦礫《がれき》の中に地下への階段を見つけ、蠟燭に火を点けてから下りていった。

広間に下り立つと、妙はまだ燃え残っていた蠟燭に火を点けて回った。

やがて照らされた洞窟内が、ぼうっと浮かび上がった。

そこにも狐狸の焼けた死骸が累々と横たわり、土盛りからは奉公人たちの骨も覗いていた。

「いずれ、全部掘り出して弔うのでしょうね」

「ああ、そうなるだろうな。獣は別にして打ち捨て、人の骨はまとめて葬ることになろう」

妙が言うと、真之助も重々しく答えた。

せっかく伊助と加代を一緒に埋めてやったのだが、やがて別々に弔われることになるかも知れない。

それも、また仕方のないことだった。やはり人と獣とは違う。

　それにしても八百八狸に、管狐の七十五匹の眷属と言っていたが、やはり実際はずっと少ない数であった。

　また、河原に捨てられ、無縁仏となってしまった加代、藤兵衛、光の骨も、今さらどうしようもなかった。

「押し込みは全部、あの浪人たちの仕業になるのでしょうか」

　妙は、気になっていたことを訊いた。

「いや、最初の押し込みでは、盗賊はみな小柄だったと言われているので、全て浪人たちのせいには出来ないだろうな」

「ならば、浪人たちは藤兵衛に唆されて、押し込みする前に捕らえられたということに?」

　妙が訊くと、真之助も頷いて答えた。

「ああ、お上も莫迦ではないからな、何もかも浪人どもに押し付けて落着ということはしない。盗賊の大部分は相模屋の奉公人ということで、浪人たちは何とか死罪は免《まぬが》れるだろう」

「そうですね。何もしていなかったのだから、死罪では気の毒です」

　妙も安心して答えた。

　浪人たちも神妙にしているようだし、うまくすれば遠島《えんとう》すら免れ、せいぜい寄せ場送りぐらいに落ち着くことだろう。それでも飯と寝床が与えられるから、食い詰めの暮らしよりはずっとマシに違いない。

　とにかく、相模屋が首魁《しゆかい》ということになれば、狐狸妖怪のことなども公にしなくて済み、あとは真之助がうまく上に報告すれば良いだけである。

「だが、まだ松吉とお紺が残っている」

「ええ……」

　真之助が言い、妙も頷いた。

「もう二人だけで押し込みはしないと思うが、奪って貯め込んだ金は没収され、恐らくお妙を逆恨みしていることだろう。どこぞへ落ち延びるにしろ、その前にお前を襲ってくるに違いない」

「もちろん覚悟してます」

　妙は力強く頷いた。

「ああ、充分に用心しろよ」

　真之助が言うと、そのとき他の役人や岡っ引きたちもゾロゾロと地下へ下りてきたのだった。

「こ、こんな穴が……」

「ああ、多くの奉公人たちの骨もあるようだ。人と獣を分けて掘り出し、懇ろに葬ってやらんとな」

驚いてる皆に、真之助が言った。

結局、焼け跡にも地下にも松吉や紺の痕跡はなく、仕方なく妙と真之助は引き上げることにしたのだった。

三

（お紺か……、まあ、結局あやかしとは、ああいうものなのだろうな……）

番屋に戻った真之助は、莨を吸いながら思った。

ほんの一時にしろ、狐女房と同心長屋で暮らすことを思ってしまったのだ。

（全く、俺としたことが……）

真之助は思い、未練を断ち切るようにポンと火鉢に灰を落とした。

しかし、何の痕跡もないということは、もはやこれまでと悟り、紺も松吉も従容《しょうよう》と火に巻かれたのではないだろうか。

（いや、相手は大あやかしだ。そんな甘いもんじゃないだろう……）

と、思ったそのとき番屋の障子が開いた。

「ごめん下さいまし、播磨屋でございます」

重吉が顔を出した。

「おお、播磨屋さん、どうぞ中へ」

真之助が腰を浮かせて言うと、下っ引きが気を利かせて茶を淹れてくれた。

「たった今、相模屋さんの焼け跡を見てきたところでございます。それで、松吉の骸もあったのでございましょうか」

重吉が沈痛な面持ちで言う。

「いや、もう多くの骸が重なり合って、どれがどれやら分からん様子でした」

「左様でございますか……」

重吉は項垂れて言うと目の前の茶をすすり、真之助は新たな刻みを煙管に詰めて火を点けた。

「婿養子に入ったばかりで、こんなことになって気の毒です」

真之助は悔やみを言った。本物の松吉は、とうに播磨屋の井戸の底で骨になっているなどとは言えない。

「いえ、それよりも、本当に相模屋さんが押し込みの頭目だったのでしょうか。随分前から知っているお人なので、信じられませんが」

重吉が顔を上げて訊いてくる。

「ああ、それは間違いない。多くの浪人者を雇い、用心棒と称して播磨屋さんにも手引きのため潜り込ませたでしょう」

真之助は紫煙をくゆらせて答える。それも、実際の藤兵衛ではなく、古狸なのだがそれも話すわけにゆかなかった。

「ええ、たいそう驚きましたが、婿入りしたばかりの松吉も悪事に荷担していたのでしょうか……」

「さあ、それは分からない。以前より、藤兵衛やお加代と通じ合っていたのかも知れないし、ただ流れのまま身を任せただけかも知れない」

「左様ですか……。もう、今となっては分かりようもございませんね」

「ああ、ただ松吉は気の毒だったが、播磨屋さんに害がなかったのは不幸中の幸い」

「はい、そう思うことに致します」

重吉は俯いて答えた。以前の松吉は病弱で寝たきりだったから、そのときに死ねばまだ諦めもついたことだろう。

それが奇蹟のように回復し、目出度く婿入りした途端に悪事の嫌疑と焼死では、重吉も心残りが大きいことだろう。

やがて重吉は、茶を飲み干すと立ち上がった。

「では、これにて失礼いたします」

「ああ、嫌なことは忘れて、商売に専念して下さい」

真之助が言うと、重吉は辞儀をして去っていった。

それを見送った真之助は、溜息混じりに煙を吐き出し、また紺の面影を浮かべてしまい、勢いよくポンと灰を叩き落とした……。

——同じその頃、結城道場では鈴香が昼前の稽古を終えたところだった。

(豪快で、面白い奴だったな、団左……)

充分に稽古をした門弟たちがみな帰ってゆくと、鈴香は道場に一人佇み、団左のことを思い出していた。

この道場で、何度となく稽古をつけてやり、夕刻になると居酒屋で一杯やった。

鈴香も、妙の前では平気な様子を装っていたが、もう団左がいないと思うと、どうにも胸が締め付けられるのである。

（あやかしも、まやかしも、全て幻か……）

鈴香は気を取り直し、戸締まりをして道場を出ると、着物を持って裏庭の井戸端に行った。

水を汲むと、手早く稽古着と袴を脱いで全裸になり、水を浴びた。

左の乳房は斜めに斬られて形が崩れ、傷が右の脇まで走っているが、もう痛むようなことはない。

半年前、鬼に操られた門弟に斬られた傷だ。

（もし団左と一緒になり、この傷を見たら何と言っただろう……）

そんなことを思いながら鈴香は身体を拭き、着物を羽織った。

と、そこへ雪が顔を出した。

「鈴香さん、良ければご一緒に昼餉を」

言われて、鈴香も帯を締めながら頷いた。

「ええ、久々に、父上とお雪さんと三人で昼餉を囲みましょうか」

鈴香は答え、一緒に母屋へ入って行った。

まだ母上とは呼んでいない。もちろん嫌っているわけではないし、父には良い後妻だと思っている。

ただ父の新右衛門が雪に首ったけなので、あまり邪魔をしないよう、鈴香は食事のときはなるべく二人きりにさせてやっていたのだ。

だが、たまには良いだろう。

そんな気になったのは、団左を失って寂しいからだろうか。

鈴香はそんな自分に苦笑を浮かべ、完全に未練を吹っ切るように親たちの部屋へと入っていったのだった……。


——妙は、昼に小太郎の裏長屋を訪ねていた。

もちろん今日も、妙は二人分のおにぎりを作って沢庵を添え、茶を淹れた竹筒を持ってきていた。

「お紺と松吉は、どこかに潜んでいるのでしょうね」

妙は、二人でおにぎりを食べながら言った。

「ああ、狐は夜行性といって、夜に動き出すから、おそらくお妙さんは、今宵あたり気をつけないと危ないでしょうね」

小太郎も、美味そうにおにぎりを頬張りながら答えた。

「もう、神無月が終わっても関係ないのですか」

「妖狐にとっては、何の障りもないでしょうね。昨夜は単に、神無月の晦日に狐狸妖怪が百鬼夜行に化ける祭のようなものです。それより、たつやに迷惑がかからないよう、お妙さんは日暮れから家にはいない方が良い」

「分かりました、そう致します」

「何なら、夕刻から境内で合流しますか。夕餉でも囲んで策を練りましょう」

「ええ、では夕刻、明神様に伺いますね」

やがて食べ終わって茶を飲むと、二人は立ち上がった。

もっと二人きりでいたいが、小太郎も境内へ出向かなければならない。

一緒に裏長屋を出ると、小太郎は三人娘がいる神田明神へ、妙は相模屋の焼け跡に顔を出した。

そこでは役人や岡っ引きたちが総出となり、人足も雇って多くの骨を、瓦礫の中や地下から運び出していた。

人の骨は寺へと運んで弔い、獣の分は野原へまとめて埋めるようだ。

そして焼けた木材も徐々に片付けられ、土蔵にあった金も順々に番屋へと運ばれていった。

あとは無事だったが押し込みに遭った大店に、被害の額を提出させるのだ。

相模屋の縁者は他にいないようなので、この土地は松吉の実家である播磨屋が管理することになるかも知れない。

と、そこへ真之助も出向いて来た。

「どうだ、何も残っていないか」

「ええ、お紺も松吉も、そう遠くへは行っていないと思うのですが。私は河原の方を見てきますね」

妙は言い、土手を下りていった。

穴の出口の方も見て回ったが、特に変わりはない。この穴も、いずれ埋められてしまうだろう。

一通り見てから、妙は土手を上って瓦礫に戻り、皆と一緒に日が傾くまで片付けを手伝ったのだった。

「では、私はこれで」

「お妙、今宵はどうするのだ」

妙が辞儀をして言うと、真之助が訊いてきた。

「百さんに会って、策を練ることにします。恐らく夜更けにでも、お紺と松吉に動きがあると思いますので、片がつくまで、たつやには戻りません」

小太郎の名を出され、真之助は僅かに太い眉をひそめたが、ここはやはり小太郎を頼りにしなければならないと思い直したようだ。

「そうか、それが良いだろう。夜半、俺も出向くがどこへ行けば良いか」

「恐らく、因縁深いこの河原ではないかと」

「ああ、分かった。もし場所が違えば呼子を吹け。では」

言われて妙は引き上げ、湯屋に寄って体を流してから神田明神へと行った。

ちょうど三人娘も芸を終え、片付けをはじめていた。

「お妙さん！」

三人娘が笑顔で挨拶し、小太郎も後始末を済ませるとこちらへ来た。小太郎の帯には、鬼斬丸があった。

「では、まず腹ごしらえといきましょうか」

小太郎が言い、五人は境内を出て近くの飯屋に入った。

いつものように酒は頼まず、飯と煮物だ。

と、そこへフラリと鈴香が顔を出し、一緒に夕餉を囲んだ。

「胸騒ぎがする。今宵が天王山《てんのうざん》だな」

鈴香も酒は頼まず、鬼の気で予感がするように言った。

「何やら、あやかし二人に対し、六人がかりというのも気が引けるが、いや、麻生様も来るなら七人か」

鈴香が言う。

どうしても武士の性格からして、一対一の勝負に拘《こだわ》りたいのだろう。

「いや、相手はすでに何人もの罪のない人を殺しているし、放っておけば、まだまだ人々に迷惑がかかります。だから尋常な果たし合いではなく、妖術を使う化け物退治ということで」

小太郎が言うと、鈴香も頷いた。

やがて食事を済ませると、六人は茶を飲みながら軍議をはじめたのだった。

四

「確かに狐の匂いが」

白犬の姿で河原を嗅ぎ回っていた伏乃が、娘の姿に戻って言った。

江戸の人々も眠りに就いた、昨夜と同じ亥の刻の鐘が四つ鳴り、妙と鈴香、小太郎と三人娘は河原の穴の周辺に来ていた。

そこへ真之助も現れた。唯一、只の人であるが、やはり紺のことが気になって仕方がないのだろう。

もちろん他の捕り方や岡っ引きたちは来ていない。すでに役人たちにとって、相模屋の全焼で一件は落着しているのだ。

ここからは、あやかしと鬼の戦いなのである。

と、そのとき穴の中から青白い狐火がユラユラと現れたのだった。

それは外に出ると、すぐに着物を着た紺の姿になった。その帯には、竹筒が下げられている。

どうやら中に横穴でもあり、そこに潜んでいたのだろう。

「お紺……」

真之助が沈痛な面持ちで言い、鯉口を切った。

紺はチラと冷たい目で真之助を見るなり、腰に下げた竹筒からスルリと白いものが飛び出してきた。

それは、たちまち着物を着た松吉の姿になった。

「お妙、お前だけは逃さぬぞ」

松吉は、吊り上がった目を妙に向けて言った。

その手には、前にくわえて持っていった伊助の匕首があった。

そして松吉は、一瞬にして白い大きな管狐の姿に変わった。

その恐ろしさに一同が怯んだ隙を狙い、妙の喉元に匕首が飛来した。

妙は難なく、右手で発止《はっし》と柄を摑み取ると、同時に三人娘の素速い棒手裏剣が松吉に飛んだ。

松吉がヒラリと跳躍し、棒手裏剣は悉く土手に刺さった。

しかし妙は、その動きを予測して匕首を投げつけていたのだ。

「ウッ……！」

匕首が深々と胸に突き刺さり、松吉が呻いて顔をしかめた。ようやく伊助の得物が松吉を捉えたのである。

一瞬にして松吉はスルリと伸び、紺の持つ竹筒へと吸い込まれていった。

「そこだ！」

いち早く迫った小太郎が言い、鬼斬丸を一閃させ、竹筒を両断していたのだ。

「ギャーッ……！」

再び姿を現した管狐は、胸に匕首を突き立てたまま、胴を斬られて絶叫した。

松吉は目を見開き、そのまま地に落ちて動かなくなった。

見ていた鈴香は、団左と藤兵衛のときもそうだったが、どんな手練れでも戦いが進む中、急に呆気なく勝負がつくものだと、あらためて思ったものだった。

「おのれ！」

紺が声を上げ、同時に白く巨大な九尾の狐に変身した。

扇のように開いた尾を振り立て、爪と牙で妙に襲いかかってくる。

鈴香が抜刀して紺に斬りつけるが、それは全て体を通り抜け、紺を傷つけることはなかった。

やはり、まやかしで大きく見せているだけで、実体は普通の狐一匹分なのではないかと思われる。

真之助も刀を抜いて紺に斬りかかり、妙も十手で応戦した。

三人娘は猿、鳥、犬の姿になって紺の九尾に襲いかかり、小太郎も鬼斬丸で攻撃を加えた。

だが、総掛かりでも紺の妖力は絶大だった。

九尾の一振りで三人娘が弾き飛ばされ、紺の爪で鈴香と真之助の刀が落とされてしまった。

しかも紺の牙が小太郎の腕に食い込み、鬼斬丸さえ手から離れてしまったのだ。

いち早く妙が鬼斬丸を拾い、紺に向き直ったが、すでに紺が激しい勢いで飛びかかっていた。

「お妙……！」

紺の勢いに圧倒され、仰向けに倒れた妙の上に真之助が叫んで飛び込み、大の字になってのしかかりながら紺を受け止めた。

すると九尾の狐の牙が、真之助の喉に迫った。

「本当に、好きだったのにな……」

「え……？」

真之助の呟きに、一瞬、紺が人の姿に戻ったではないか。

同時に真之助は、妙の手から奪った鬼斬丸を、素速く深々と紺の胸に突き立てていたのだった。

「う……、真之助様……」

紺が顔をしかめて言い、熱く流れる血が真之助を濡らしていった。

一番下で、二人分の重みを受け止めながら妙は息を詰めて見守っていた。

「あたしも、真之助様と暮らしたかった……」

「今さらそんなことを言うな」

「いいえ、本当ですよ……、あたしも真之助様が……」

紺は、皆まで言わずに硬直し、そのままガックリともたれかかってきた。

どうやら事切れてしまったようだ。

真之助は紺の重みと温もり、下になった妙の弾力と肩越しの息遣いを感じながら、やがてそろそろと身を起こしていった。

紺の体を支え、仰向けに横たえると、それは見る見る白い九尾の狐の姿に戻っていった。

妙も、下から起き上がってきた。

「お妙、大丈夫か」

「ええ……」

妙が答えると、真之助も安心して頷いた。

「なんと、麻生様が大あやかしを仕留めてしまった……」

三人娘が、人の姿に戻って感嘆した。

唯一の只の人が、妖狐を退治してしまったのである。

鈴香も驚きながら、落とした刀を鞘に納め、真之助は紺に刺さっていた鬼斬丸を引き抜いて拭った。

それを小太郎が受け取り、鞘に納めると、三人娘が袂の裏地を引き裂いて、小太郎の傷ついた右手首に巻き付けていた。

「これで、本当に済んだのだな……」

「ええ、お見事でした」

真之助も刀を拾い、鞘に納めながら呟くように言うと、小太郎が答えた。

河原には、月光に照らされた二匹の狐の骸が横たわっている。

「確か、夫婦とか言っていたな。一緒に葬ってやるか……」

真之助が言うと、伏乃が穴の中を見て言った。

「入ってすぐのところに、やはり横穴があります」

「ああ、ではそこに埋めてやろう」

真之助は答え、まず九尾の狐を抱き上げて穴に入り、横穴に横たえた。

妙も、管狐を抱えてやってきた。

「ああ、済まぬ。だが、俺一人にしておいてくれぬか」

「ええ、分かりました」

妙が頷き、皆に目配せすると、鈴香も小太郎も三人娘も、やがて静かに土手を上りはじめていた。

妙も行こうとすると、真之助が呼び止めた。

「待て、お妙」

「何です？」

「あの三人娘、鳥や獣に姿を変えたが、あれも素破の術なのか」

真之助が、他の人に聞こえないように囁いた。

「ええ、幻術を使いますからね」

言われて、妙は答えた。やはり小太郎や三人娘まであやかしとは、まだ言う気になれなかったのだ。

「そうか。世の中は、不思議なことだらけなのだな」

「ええ……」

「じゃ、行ってくれ」

「はい、ではまた明日」

妙は答えると、皆を追って土手を上っていった。

一人残った真之助は、二匹の狐を並べて横たえ、黙々と両手で壁の土をかぶせていった。

やがて完全に埋めると、真之助は穴から這い出して両手を合わせた。

そして河原の水で手を洗い、ほっと一息ついて月を見上げた。

どこかに狐の生き残りでもいるのか、それとも空耳か、遠くの草むらからコーンと鳴く声が聞こえたような気がした。

五
「そうか、一件落着か。良かったなあ」

　翌朝、朝餉を囲みながら辰吉が妙に言うと、圭も安心した顔を向けた。

「ええ、あとは麻生様が報告をまとめれば、やがて読売が出るでしょう」

「結局、相模屋の藤兵衛が首領となって、奉公人や浪人者を使って押し込みを働いていたということか、人の良さそうな主人だったが」

辰吉が言う。

本物の藤兵衛と松吉は汚名を残すことになってしまったが、事情を知る一同だけは本物の冥福を祈っていた。

「それより、おとっつあんとおっかさん、麻生様に良い人を探して欲しいんだけど」

妙が言うと、辰吉と圭は思わず顔を見合わせた。

「そ、そうだなあ、麻生様も三十を出ているし、手柄も多いんだから、そろそろ良い嫁さんが来ないとな」

「お前じゃいけないのかい？」

辰吉に続いて圭が言うので、妙は目の前でぶんぶんと手を振った。

「あたしと麻生様は、兄妹みたいなものだから、とてもそんな気には」

「まあ、そうだねえ。お前のお襁褓《むつ》を替えてもらったこともあるぐらいだから」

「え、そうなの？」

「同心見習いの頃から、うちへは出入りしていたからねえ」

「そんなことされていたなら、なおさら考えられないわ」

妙は決まり悪そうに言った。

もちろん辰吉も圭も、当然ながら真之助などのことより妙の相手がいないものかと心配しているのだ。

やがて飯を終え、話が自分の方へ来る前に妙は立ち上がった。

「じゃ、行ってきます」

「ああ、麻生様によろしくな」

二親に送り出され、妙は十手を帯に差してたつやを出た。

妙が番屋へ出向くと、真之助が莨を吹かしながら、報告書を前にしていた。

「おはようございます。大丈夫ですか」

「なにが」

茶を淹れてやりながら話しかけると、真之助が不機嫌そうに顔を上げた。

「い、いいえ、報告書です」

「ああ、何とかまとめ上げた。あとは、最初の押し込みで金を盗られた大店からの金額を書き留めるだけだ」

真之助が答え、ポンと灰を落とした。

不機嫌そうだが、これがいつもの真之助である。どうやら昨夜、紺の弔いをして何とか吹っ切ったのだろう。

「浪人たちも、何とか寄せ場送りに決まるらしい」

「そうですか、それは良かった」

妙は答え、話を変えた。

「ね、あたしが赤ん坊の頃、お襁褓を替えたって本当ですか？」

「何だ、いきなり」

「本当なんですね」

「たつやが立て込んでいるとき、少し手伝ったかも知れぬな」

真之助が言い、妙が淹れた茶をすすった。

「そう……、どこかに、麻生様のお嫁さんになってくれるような良い人はいませんかねえ……」

「今度は何だ、またいきなり」

妙が言うと、真之助は新たな刻みを煙管に詰めて火を点けた。

「鈴香さんは、そんな気はないようだし、でもきっと、そのうちお紺さんより綺麗な人が」

「お紺のことは言うな！　……いや、済まん。共に戦ったのだったな。とにかく、俺自身の手で始末が付けられて、良かったと思ってる……」

「そうですか……」

妙は言い、茶を飲み干すと立ち上がった。

「じゃ、見回りに行って来ますね」

「ああ」

書面に目を遣りながら短く答える真之助に辞儀をし、妙は番屋を出た。

そして相模屋の焼け跡を見に行くと、もうだいぶ片付けられていた。

働いている人足たちの労を労い、その足で妙は播磨屋へ行き、重吉に会って松吉の悔やみを述べた。

もう重吉も、松吉は最初からいなかったもののように割り切り、あとを継いだ長男と一緒に店を切り盛りしていた。

さらに妙は市中を見回り、昼近くになるといったんたつやへと戻り、おにぎりを二人分作った。

「ようよう、女親分、格好いいぜ」

飯を食いに来ていた常連客たちが言い、妙は笑みを返してからまた出た。

妙が小太郎のいる裏長屋に近づいていくと、鳥が一羽、長屋の方へ下りていくのが見えた。

ふと妙は思い立ち、途中で稲荷寿司を買い込んだ。一頃《ひところ》は売り切れが多かったが、今はまた普通に売られるようになっている。

そして裏長屋へ行き、井戸端で洗濯しているおかみさんたちに挨拶をし、妙は小太郎の部屋を訪ねた。

すると、小太郎が本を読み、三人娘が並んで布団に座っていた。

「あ、お妙さん、私たちはこれで失礼しますので」

三人娘が腰を浮かせたので、妙は笑みを向けた。

「いいのよ、何だか三人がいるような気がして、多めに買ってきたの、ほら」

「わあ！」

妙が言って包みを開くと、三人が歓声を上げた。

「いつも済みません。おい、では遠慮なく頂くといい」

小太郎が、妙と三人に言った。

「いただきまーす」

三人娘は元気よく言い、手に手に稲荷寿司を取って食べはじめ、妙と小太郎は握り飯を手にした。

「それにしても、ゆうべは驚いたわね。あたしたちが何も出来なかったのに、麻生様が九尾の狐を退治するなんて、人も侮れないものだわ」

伏乃が言い、紅猿と明烏も頷いた。

「その、麻生様に良いお嫁さんを見つけてあげたいんだけど」

妙は、ここでも真之助の話題を出した。

「鈴香様じゃ駄目なのかなあ」

「そうね、ゆうべの働きで見直したかも」

「でも鈴香様は、きっと団左のように豪快な人が好きなのよ。その点、麻生様は不器用で無愛想で、そのくせ細やかで押しが弱いし」

三人娘たちの評に、思わず妙はおにぎりを噴き出しそうになってしまった。

実によく見ている。正に真之助は、そういう男なのだ。

するると小太郎が口を開いた。

「鈴香さんは、強い男に拘っているようだが、そうそうあの人より強い男などいないでしょう。逆に、競い合うような相手ではなく、うんと頼りない男の方が上手くいくのではないかな」

言われて、妙は逆転の発想に感心して頷いた。

「なるほど、最初から男女の役割を逆にしたような相手が良いのかも。それで、麻生様の方は？」

「これればかりは好みだから何とも言えないが、道場の、お雪さんあたりの知り合いでいないものかなあ」

小太郎は言い、余りの握り飯を頬張った。

そして飲み込むと三人娘を振り向き、

「お前たちの誰か、麻生様と一緒になる気はないか」

「いやーッ」

訊くと三人が即答してきた。

「そうか、嫌か。三人は似た顔をしているから、飽きたら入れ替われば良いと思ったのだが」

「まあ、呆れた！」

小太郎の言葉に、三人は兄貴分にふくれっ面を向けた。

「あたしたちは、あやかし同士で一緒になるんです」

三人が口を揃えたように言うので、妙は少し胸を痛めた。

小太郎も半分はあやかしだから、やはり自分など選ばないのだろう。

もっとも妙自身、人と鬼が半分ずつだから、良い相性とも思うのだが、小太郎に色恋の素振りは微塵も見えてこない。

と、そこへフラリと鈴香が顔を見せた。

「おお、やはり揃ってるな」

鈴香は言い、持ってきた巻き寿司の包みを開いた。

「わあ！」

また三人娘が歓声を上げる。

この三人は、いくら多くても食欲旺盛で、全て空《から》にしてくれることだろう。

「お妙、全て落着のようでお疲れさん」

「いいえ、みんなが力を合わせたからです」

妙は鈴香に答えた。

鈴香がここへ来たのは、小太郎ではなく、昼時に来ている妙が目当てだろうと分かっているので心は乱れない。

やがて全員で食事をしながら、昨夜の出来事を振り返った。

無骨な鈴香に男女の色っぽい話は似合わないので、もう真之助に誰かを娶《めあわ》せるような話題が出ることはなかった。

そして食事を済ませると、一同は裏長屋を出て、小太郎は三人娘と神田明神へ、妙は、道場へ帰る鈴香と別れて見回りに戻ったのだった。

時代小説
二見時代小説文庫

妙《たえ》と狐狸妖怪《こりようかい》 あやかし捕物帖《とりものちょう》2

二〇二四年十二月二十五日 初版発行

著者 奈良《なら》谷《や》 隆《たかし》

発行所 株式会社 二見書房
〒一〇一-八四〇五
東京都千代田区神田三崎町二-一八-一一
電話 〇三-三五一五-二三一一［営業］
〇三-三五一五-二三一三［編集］
振替 〇〇一七〇-四-二六三九

印刷 株式会社 堀内印刷所
製本 株式会社 村上製本所

落丁・乱丁本はお取り替えいたします。定価は、カバーに表示してあります。

ISBN978-4-576-24109-8
https://www.futami.co.jp/

奈良谷 隆

あやかし捕物帖

シリーズ

① 娘岡っ引きの妙《たえ》

② 妙《たえ》と狐狸《こり》妖怪

御用の最中に命を落とした兄の跡を継ぎ、岡っ引きとなった十八歳の妙《たえ》。三人の娘が「獣《けもの》に心《しん》の臓を食い破られた」ように惨殺された事件を同心の麻《あ》生《そう》真之助《しんのすけ》と共に追う。そんな中、酔った町奴に絡まれる妙を救った百瀬小太郎《ももせこたろう》は、曲芸を見世物とする三人の不思議な娘たちと行動を共にしているらしい。そして、次の標的となった「美濃屋《みのや》」の後妻・由良《ゆら》も毒牙にかかるのだが……。

二見時代小説文庫

藤 水名子

古来稀なる大目付

シリーズ

① まむしの末裔《まつえい》
② 偽りの貌
③ たわけ大名
④ 行者と姫君
⑤ 猟鷹《りょうよう》の眼
⑥ 知られざる敵
⑦ 公方天誅《てんちゅう》
⑧ 伊賀者始末
⑨ 無敵の別式女《べっしきめ》
⑩ 第二のお庭番
⑪ 狙われた大奥
⑫ 大目付殺し

「大目付になれ」——将軍吉宗の突然の下命に、一瞬声を失う松波三郎兵衛正春だった。蝮《まむし》と綽名された戦国の梟雄・斎藤道三の末裔といわれるが、見た目は若くもすでに古稀を過ぎた身である。「悪くはないな」——冥土まであと何里の今、三郎兵衛が性根を据え最後の勤めとばかり、大名たちの不正に立ち向かっていく。痛快時代小説！